Science Fiction

Kenneth Bulmer

Die Propheten der Erde

Roman

Science Fiction

Science Fiction
Lektorat: Ronald M. Hahn
Ullstein Buch Nr. 31139
im Verlag Ullstein GmbH,
Frankfurt/M – Berlin
Titel der Originalausgabe:
OF EARTH FORETOLD
Aus dem Englischen übersetzt von
Ronald M. Hahn

Erstmals als Taschenbuch

Umschlagentwurf:
Hansbernd Lindemann
Umschlagillustration:
Peter Gudynas

Printed in Germany 1986
Gesamtherstellung:
Presse-Druck Augsburg

ISBN 3 548 31139 3

Dezember 1986

Vom selben Autor
in der Reihe der
Ullstein Bücher:

Von Robotern beherrscht (3345)
Stadt des Wahnsinns (31005)
Hinter den silbernen Himmeln (31137)

CIP-Kurztitelaufnahme
der Deutschen Bibliothek

Bulmer, Kenneth:
Die Propheten der Erde: Roman/Kenneth Bulmer. –
(Aus d. Engl. übers. von Ronald M. Hahn). –
Frankfurt/M.; Berlin: Ullstein, 1986.
(Ullstein-Buch; Nr. 31139: Science-fiction)
Einheitssacht.: Of earth foretold ‹dt.›
ISBN 3-548-31139-3

NE: GT

1. Kapitel

Die Propheten der Erde schliefen. Ihre Zahl ging in die Tausende, und jeder war verpackt.

Sie füllten die Bombenschächte des Schiffes, lagen reglos da. Sie warteten in ihren maschinell schimmernden Metallhüllen.

Jeder von ihnen war dazu bestimmt, eine Welt zu erobern.

Jeder von ihnen lag still in seiner Kapsel und wartete auf den Leitbefehl, der ihn in streng mathematischer Reihenfolge über einer neuen und unbekannten Welt abladen würde, damit er seinem vorherbestimmten Ziel entgegenfiel.

Ein jeder von ihnen war wie der andere, doch jeder einzelne verkörperte den perfekten Menschen.

Die geschickten Hände und der Verstand des Menschen hatte sie geschaffen, aber dennoch umgab sie eine unheimliche Aura, die in jenen, die sie hegten, pflegten und transportierten, Ehrfurcht hervorrief. Und das Wissen, daß diese gottähnlichen Wesen aus Stahl und Kunststoff, aus synthetischem Fleisch, synthetischen Knochen und synthetischem Blut bestanden, die Tatsache, daß sie über Gehirne verfügten, die Wissen aufsaugten wie ein Schwamm, daß ihre Herzen atombetriebene Batterien waren – all das trug nicht gerade dazu bei, ihre unbehagliche und bedrohliche Ausstrahlung einzudämmen.

Prometheus hatte den Menschen das Feuer gebracht; er hatte seinen Preis dafür bezahlt. Doch wenn der Mensch es wagte, aus dem Feuer andere Geschöpfe zu erschaffen – mußte er in einem solchen Fall nicht einen noch höheren Preis entrichten?

Die Propheten der Erde warteten und schwiegen.

Noch waren sie nicht erwacht. Noch lagen sie da, zu Tausenden, ein jeder in seiner Umhüllung. Sie waren bereit, sich zu erheben, einer nach dem anderen. Sie waren bereit, sich der Herausforderung einer neuen Welt zu stellen. Sie waren bereit, der neuen Welt die frohe Botschaft zu bringen und sie jubeln zu machen. Die Botschaft war die des Menschen.

Als er sich über die Leere beuge, packte ihn unerwartet die Angst.

Der Bombenschacht-Sektor wimmelte vor Aktivität, Schnelligkeit war das Gebot der Stunde. Überall herrschte hektische Betriebsamkeit. Überall war Bewegung. Die Männer schwitzten. Der Geruch ihres Schweißes durchdrang ätzend die verbrauchte Luft. Es roch nach dickflüssigem Maschinenöl und qualmenden Lagerungen. Es roch nach allem, wonach eine Maschinerie riechen kann, die von speziell ausgebildeteten Männern gewartet und bedient wird. Die Männer hatten eine bestimmte Aufgabe, und ihre Aufgabe war von Bedeutung.

Der Geruch der Angst, den die Männer verströmten, drang in seine Nase. In seiner Kehle schmeckte es nach Galle.

Es waren die Schnelligkeit und die Angst, die vereint herbeieilten, um zu einem Ganzen zu werden, als er den Knopf betätigte, der den Bombenschacht wieder leerte.

Schnelligkeit. Die dumpf schimmernde stählerne Flanke einer Kapsel rollte auf geölten Lagern dahin. *Ssssst!* Die Energieanzeigen rasten hoch, als die Kraft aus den Generatoren im Herzen des Schiffes zuschlug. Sie änderten sich leicht, als der Transfer auf den Terminals der Kapseln sichtbar wurde. *Schnell!* Alles abchekken – die Verbindungen, die Schaltkreise, die Widerstände, den Antigrav. Alles abchecken, und zwar doppelt und dreifach. Alles, was die Kapseln in den Raum hinaus und von dort aus auf den Planeten hinunterbrachten, mußte überprüft werden.

Und sie hatten so wenig Zeit!

»Schwing die Hufe da unten, Adams! Du weißt doch, kurze Strecken werden bei uns geflogen!«

Und was ihn selbst anbetraf, er brüllte die Befehle. Er, Abd al-Malik ibn-Zobeir, der Offizier vom Dienst. Er scheuchte die Männer von da nach dort, trieb sie an, ging ihnen auf die Nerven.

»Mal 'n bißchen plötzlich, Zimmermann!«

Und: »Nimm mal das Blei aus deinem Raumanzug, Lee Wong!«

Und sie hatten so verdammt wenig Zeit!

Seit dreitausend Jahren war jede Sekunde von unschätzbarem Wert.

Unter ihm schwebte die grünlich-graue, weißgefleckte Sichel des Planeten. Er hatte keinen Namen. Zumindest keinen solchen, den die Menschen kannten, um ihn in ihren Galaktischen Almanach aufzunehmen. In dreitausend Jahren vielleicht, wenn ihre Nachfahren hier vorbeikommen und nach dem Rechten sehen würden, würde er vielleicht einen Namen erhalten. Oder man gab ihm einfach den, den die eingeborene Bevölkerung ihm gegeben hatte. Wenn der Plan erfüllt war, würde der von ihnen verwendete Name ohnehin terranischen Ursprungs sein. Egal wovon sie ihn auch ableiteten.

Das Solare CDB-Schiff ISABELLA war einem von Computern vorausberechneten Kurs gefolgt. Es war aus dem Sternenmeer gekommen und hatte den Planeten einmal umkreist. Während dieser Zeit hatten die Techniker der Mannschaft alle nötigen Überprüfungen vorgenommen und sämtliche Einzelheiten über den Planeten gesammelt und gespeichert, derer sie in dieser kurzen Zeit und angesichts der großen Entfernung habhaft werden konnten. Jetzt lag das Schiff wieder auf einem Kurs, der es erneut in den Weltraum hinaustragen würde – ins nächste Sternensystem. Und der Prophet, der hier von Bord gehen sollte, ruhte in seiner Kapsel. Sie rollte gemächlich dahin und nahm an der Auswurfluke ihre vorbestimmte Position ein.

Die Angehörigen der Abwurfmannschaft trugen jene schweren Anzüge, die im interstellaren Raum üblich waren. Und in ihrer wissenschaftlichen Zivilisation, die fähig war, Wunderwesen wie die Propheten in Massen zu schaffen, um des Menschen Wort zu verbreiten, war es immer noch Tradition, daß der letzte Handgriff von Menschen ausgeführt wurde. Die solarterranische Wissenschaft scheute keinerlei Kosten, um das Aussaatprojekt voranzutreiben. Deswegen hatte man das Schiff mit Menschen bestückt, denn sogar deren komplexe, lange und teure Ausbildung war billiger als der Einsatz von Robotern oder Androiden. Besonders für diese Tätigkeit, bei der man endlose Jahre von der Erde entfernt war.

»Alles gecheckt. Alles klar! Fertig zum Signal!«

Über Abd al-Maliks Helmempfänger langten die Meldungen ein. Er warf noch einen letzten Blick auf den Bombenschacht und prägte sich jedes Detail der Abwurfvorbereitungen ein.

Dann unterdrückte er die in ihm zum Leben erwachende Angst und betätigte den Auslöser. Die Innentore hatten sich bereits über den Köpfen der Einsatzmannschaft geschlossen. Auf seinen Knopfdruck hin ermattete das Licht. Die Luft im Schacht wurde gleichmäßig abgesaugt.

Die Außentür des Bombenschachtes öffnete sich.

Zwischen ihm und dem Weltraum befand sich nur noch – die Leere.

Die funkelnde Sichel des weit unter ihm befindlichen Planeten hing so, daß er ihn mit der ausgestreckten Hand erreichen und mitsamt der benachbarten Sterne hätte aus der Nacht fegen können.

Er schluckte, bekämpfte seine Angst. Es war doch nicht mehr als Routine; nichts anderes als ein weiterer Abwurf, einer mehr in der Gesamtzahl von fünftausend;

nicht mehr als ein Aufruf, seine Pflicht zu erfüllen, das zu tun, wozu man ihn ausgebildet und gedrillt hatte. Die Kapsel, die den Propheten enthielt, würde über Bord gehen, das Licht würde anzeigen, das alles klargegangen war, und er würde die Luken des Bombenschachtes schließen. Dann würde wieder Sauerstoff in den Schacht hineinströmen; er konnte seinen Raumanzug ausziehen, in seine Unterkunft zurückkehren und vergessen, daß er hier gestanden hatte; hier, am Rande des Nichts . . .

Nur . . . er hing jetzt über dem Nichts. *Jetzt.*

»Alles in Ordnung, Abdul?« Die Stimme im Inneren des Helmes ließ ihn zusammenzucken.

Er schluckte erneut und dankte dem Himmel, daß er nicht mit einem Kehlkopfmikrofon ausgerüstet war. Abwurfoffiziere wie er trugen ein goldenes Symbol – eine Kapsel aus goldenen und ein Raumschiff aus silbernen Fäden – auf dem rechten Ärmel. Und das bedeutete etwas. Es bedeutete, daß er gearbeitet, studiert und sich angestrengt hatte, um etwas zu werden. Es bedeutete, daß die Angehörigen der Einsatzmannschaft sprangen, wenn er etwas sagte.

»Alles klar«, sagte er rauh. »Alles klar zum Abwurf.«

Jetzt war es soweit.

Als Chef der Einsatzmannschaft mußte er sich persönlich davon überzeugen, daß die Kapsel auf die Mikrosekunde genau über Bord ging. Sein „Alles klar!« war durch ein kilometerlanges Kabelnetz bis zur Brücke vorgedrungen. Die dort anwesenden Offiziere und Techniker hatten die genauen Daten für den Abwurf ausgewertet. Sie würden das Schiff ausrichten, es in die Abwurfzone bringen und – auf die Sekunde genau – das Signal geben.

Wenn all das geschehen war, war es seine persönliche Aufgabe, darauf zu achten, daß die Kapsel sich zum festgesetzten Zeitpunkt aus ihrer Verankerung löste. Aus diesem Grund trug er das goldene und silberne Symbol auf dem Ärmel.

Über die Helmlautsprecher konnte er das Atmen seiner Leute hören. Sie atmeten zwar ruhig, doch sie waren äußerst gebannt. Als er versuchte, seinen eigenen – unregelmäßigen – Atem unter Kontrolle zu bringen, wurde es nur noch schlimmer. Schon begannen die Helmwischer mit ihrer Arbeit, befreiten ihn vom Schweiß. Sein Magen befand sich zwar irgendwo an Bord der ISABELLA, doch er bezweifelte, daß er in seiner Nähe war.

Auf der Tastatur erschien das grüne Licht, das sich zu einer Bernsteinfarbe veränderte. Er leckte sich über die trockenen Lippen.

Das rote Licht ging an.

Aufgrund der Luftlosigkeit erzeugten die Kapselhalterungen keinen Laut. Die ersten beiden gingen nach oben, die dicken Eisenstangen rasteten in ihre Fassungen zurück. Dann folgte das zweite Paar. Es wurde von der Brücke aus separat entriegelt und folgte einen Sekundenbruchteil später, damit die Kapsel mit dem Ende zuerst . . .

Das zweite Paar . . .

Eine der beiden Halterungen saß fest.

Er starrte sie an. Er wußte, was das bedeutete. Ihm wurde klar, daß der Mensch ein Opfer bringen mußte, wenn er Gott spielte. Und dann schalteten die Reflexe seiner Ausbildung. Sie fegten die finsteren, abergläubischen Zweifel und Ängste beiseite.

Er schwang sich über das Geländer, den Schraubenschlüssel in der Hand. In seinem Inneren war alles darauf aus, der gottverdammten Halterung einen so heftigen Schlag zu versetzen, daß sie sich löste und die Kapsel über Bord beförderte.

Er schwang den Schraubenschlüssel gezielt und zweckgerichtet. Die Halterung widerstand seinem Schlag. Er versuchte es erneut, schlug noch heftiger zu.

Wenn er diese Sache nicht ausbügelte, war er erledigt. Man würde ihn zum Kapselöler degradieren und in die Mannschaftsunterkünfte verbannen, wo es wenig zu Lachen gab. Und sie konnten ihm das goldene und silberne Symbol vom Ärmel reißen.

Und noch ein harter Schlag. Der Schraubenschlüssel traf die Halterung. Wahrscheinlich hatten die vorherigen Schläge bereits etwas bewirkt, oder er hatte diesmal zuviel Kraft eingesetzt. Die Halterung löste sich plötzlich, schlug gegen das Werkzeug, zog seinen Arm mit, verdrehte seine Schulter, zerrte an ihm.

So unbeholfen, wie er in seinem Anzug nun einmal war, rutschte er vom Geländer ab.

Völlig gedankenlos – denn die schreckliche Angst, die ihn nun ergriffen hatte, legte seinen Verstand völlig lahm – schob er einen Arm durch den Trageing der Kapsel.

Er stürzte mit der Kapsel zusammen aus dem Bombenschacht.

Er hatte einen einleuchtenden Gedanken, der ihn in seiner reinen, gnadenlosen Logik nahezu aufspießte.

Es hatte eines Opfers bedurft.

Er hatte von Anfang an gewußt, daß es passieren würde.

Dann umfing ihn die Dunkelheit, die sich jenseits der Vernunft ausbreitet, mit warmer, heimeliger Schwärze.

Der Prophet der Erde, von Menschenhand geschaffen, lag leise vor sich hinsummend in seiner Kapsel und wartete darauf, daß er ins Leben treten konnte. Und Abd al-Malik ibn-Zobeir steckte besinnungslos in seinem Raumanzug und bewegte sich mit der Kapsel auf einen rätselhaften Planeten zu, der sich unter ihm ausbreitete.

2. Kapitel

Roy Inglis musterte sein Gesicht im Rasierspiegel. Er war äußerst unzufrieden mit dem, was er sah.

Er wischte sich den letzten Rest der geruchlosen Enthaarungscreme von den Wangen und warf das Papierhandtuch in den Müllschlucker.

Schau dich an!

Da war er, im Spiegel: ein Mann mit einem schmalen Gesicht, dunklen Augen und sich ausbreitenden Krähenfüßen, die ihm einen ständig fragenden Blick verliehen. Sein Mund, eine mürrisch verzogene Linie, grinste ihn voller Abscheu an, als er sich selbst die Zunge herausstreckte.

Er sah wie ein Weichling aus.

Und das war sein Problem. Seit zu langer Zeit saß er nun in einem gepolsterten Lehnsessel und flog einen Schreibtisch. Vor achtzehn Monaten war er zum letztenmal im Weltraum gewesen, auf einen Kurierflug im Centaur-System. Ein Ausflug, kaum zwanzig Lichtjahre weit weg. Kein Mensch auf der Erde hielt einen Trip zum Mars, zur Venus oder zu den Saturnmonden für wirkliche *Raumfahrt,* und ... Er war seit einem Monat nicht einmal mehr auf dem Mond gewesen.

Er griff nach dem weißen Hemd, öffnete die Magnetspangen, streifte es über, schloß die Spangen wieder, klemmte sich eine eintönige düstergraue Krawatte an den Hals und streckte sich erneut die Zunge heraus. Sein eigener Anblick brachte ihn zum Frösteln.

Weichling.

Er war so weich geworden wie Laura weich gewesen war, als er sie geheiratet hatte. Vor sieben Jahren. Jetzt war er ein Softie, und sie war die zähe Praktikerin, die den Laden hier warf. Kompetenz konnte man ihr freilich nicht absprechen.

Der Lautsprecher an der Wand über dem Spiegel knisterte, dann sagte Lauras Stimme: »Frühstück.« Das Knistern erstarb wieder.

Inglis seufzte, brachte die Krawatte in ihre schlußendliche Form und fuhr sich mit dem Kamm durchs Haar. Hätte er ein paar tausend Jahre früher gelebt, würde er jetzt wahrscheinlich glatzköpfig sein. Womöglich hätte er sich dann auch noch irgendwelche bedrohlich wirkenden Altersflecken ansehen müssen, die sich auf seinem Schädel ausbreiteten.

Na ja. Im Büro konnte er sein Äußeres vielleicht noch etwas richten. Doch das Büro erweckte in ihm noch betrüblichere Gedanken, und kurz darauf ließ ihn das Knistern des Lautsprechers erneut zusammenzucken. Lauras Stimme drückte diesmal ein bißchen mehr Schärfe aus, als sie sagte: »Roy? Frühstück! Hast du mich nicht gehört?«

»Ja, Schatz. Ich komme sofort.«

Er ging direkt bis zur Lounge durch und sah dabei automatisch aus dem Fenster, um zu sehen, was die Wetterkontrolle zustande gebracht hatte. Er unterließ es aus Prinzip, ihre Regelungen in den Zeitungen nachzulesen oder ihren Ankündigungen im Fernsehen zu folgen. Irgendwie war er der Ansicht, es sei richtiger, wenn das Wetter sich von allein regelte.

Dann gäbe es wenigstens eine Sache im Leben, die nicht voraussagbar wäre, dachte er säuerlich.

Laura schaute von ihrem Klon-Hähnchen auf. Sie war atemberaubend schön, und sie hatte ein Recht darauf, so zu sein – nach all dem Geld, das sie dafür ausgab.

Inglis mißgönnte ihr diese Extravaganz nicht. Es gefiel ihm, daß sie hübsch aussah. Doch mit einem Anflug von Trauer wünschte er sich, ein Teil ihrer kosmetischen Behandlung hätte auch ihre Lachfältchen und ihre Fröhlichkeit wiederbelebt – und die Vorstellung, daß Leben und Spaß an erster und Laura Inglis an zweiter Stelle stand.

Es würde ein schöner Tag werden, mit ein paar Wölkchen, um das Temperament der Sonne zu dämpfen. Hier oben, fünfzig Stockwerke von der Bodenebene entfernt, wehte eine sanfte Brise gegen das Panoramafenster. Es war ganz nett.

Inglis bückte sich und berührte Lauras Wange mit den Lippen. Es war eine ebensolche Routine geworden wie das Eindrücken der Feuerknöpfe eines Kreuzers vom Typ Zeus. Auch das hatte er von Grund auf gelernt, bis es ihm in Fleisch und Blut übergegangen war. Es wäre ihm nicht im Traum eingefallen, daß sich alles so entwickeln würde.

Er setzte sich hin, schlug die Papierserviette auseinander und machte sich geruhsam über die geklonten Eier mit Speck her. Er war nicht wild genug auf geklonte Hähnchen, um sie sich, wie Laura, schon zum Frühstück zu wünschen. Laura sagte nichts. Sie aß.

Inglis fragte sich, ob er ihr Make-up verschandelt hatte; aber das war kaum möglich. Er hatte die Lippen nicht bewegt. Er hatte das Ziel mit einer zielgerichteten Bewegung angegriffen, wie bei einem Kapselabwurf. Und außerdem hielt eine dermaßen teure Gesichtsfassade doch wohl (hoffentlich) etwas aus.

Und ... He, was war denn das? Wieso träumte er plötzlich von Kapselabwürfen? Diesen Job hatte er doch schon ein Jahr vor ihrer Heirat aufgegeben. Aber vielleicht hing es einem nach; niemand ließ diesen Job hinter sich zurück, ohne sich verändert zu haben. Wer einmal mit den Propheten zu tun gehabt hatte ... Diese Tätigkeit veränderte das Denken eines Menschen auf eine Weise, die man sich mit der Phantasie des Planetengebundenen buchstäblich nicht vorstellen konnte.

»Heute abend werden wir zusammen mit Laurence Tung Chih Men essen, Roy. Ich würde es begrüßen, wenn du dich mit besonderer Aufmerksamkeit seiner

Gattin widmen würdest.«

Inglis gab vor, äußerst stark auf das Essen konzentriert zu sein.

»Gewiß doch, Schatz.«

»Mr. Tung gebietet über eine Minengesellschaft, die in der Gegend der Kronleuchter-Wolke beträchtlichen Umsatz macht«, sagte Laura. »Ich habe gehört, daß ihm die Hälfte der dortigen Planeten gehört, und . . .«

»Ich weiß, Schatz. Ich kenne ihn.«

Und das war ein Fehler.

Laura ließ sofort ihr gesamtes Arsenal an beleidigter Weiblichkeit los. Er versprühte Sarkasmus, sie hingegen sei eine mißverstandene Ehefrau, und so weiter. Zum Glück meldete sich der Kommunikator. Inglis stand sofort auf, wischte sich den Mund mit der Serviette ab und dankte dem Himmel, daß jemand das, was ansonsten zu einer endlosen Tirade geworden wäre, aufs erste vertagt hatte.

»Entschuldige mich, Schatz. Es hat geklingelt.«

Ganz bewußt nahm er den Anruf im Vorraum entgegen. Der Bildschirm erhellte sich und zeigte das muntere, selbstbewußte Antlitz einer jungen Frau.

»Colonel Inglis?« fragte sie.

»Am Apparat.«

Ein Schatten bewegte sich an der Tür. Also hatte Laura doch nicht widerstehen können, in Erfahrung zu bringen, wer ihn schon am frühen Morgen anrief. Na schön.

Die Frau sagte: »Colonel Inglis, ich habe eine Botschaft von Admiral Rattigan an Sie. Sie möchten ihn bitte so schnell wie möglich anrufen. Ihr Büro ist informiert worden.«

»Ist das alles?«

»Ja, Sir.«

»Vielen Dank. Und . . . Auf Wiedersehen.«

Er betätigte den Unterbrecher erst, als Laura das Wort crgriff.

»Wer ist Admiral Rattigan? Ich habe noch nie von ihm gehört.«

Das, was Inglis als erstes einfiel, sprach er nicht aus. Statt dessen lächelte er und erwiderte: »Ich habe ihn noch nie getroffen. Ich glaube, er ist ein ziemlich hohes Tier beim CDB.«

»Bei *denen?«* Lauras Gesicht schien sich zu verengen. Als habe sie plötzlich Angst ergriffen. Selbstsüchtige Angst. Jedenfalls hatte er das Gefühl. Er beobachtete sie mit einer Kühle, die ihn manchmal selbst entsetzte.

»Hast du vergessen, daß ich den Job schon aufgegeben hatte, bevor wir uns begegneten? Also laß uns zu Ende frühstücken, bevor ich gehe. Admirale haben es nicht gern, wenn man sie warten läßt. Besonders dann nicht, wenn es sich um Offiziere anderer Dienste handelt.«

Nachdem er gefrühstückt, seinen maßgeschneiderten Überwurf angelegt, sein Köfferchen gefunden und den Gleiter angewählt hatte, erstickte ihn das luxuriöse Haus auch schon, wie immer. Die frische Luft draußen war wie Wein. Inglis flog zwar ziemlich schnell, aber auch sehr geschickt über die Luftwege. Er hielt auf den CDB-Block zu, der sich in isolierter Grandezza am südlichen Ufer des Flusses befand.

Die Stadt hatte eine enorme Ausdehnung aufgewiesen, bevor eine soziologische Planung ihr genaue Grenzen verpaßt hatte. Hier war sie expandiert, dort beschnitten worden. Man hatte sie getrimmt und organisiert, und jetzt bestand sie aus geplanter Bequemlichkeit und Raum und Sicherheit für jeden, der sich auf dem Planeten aufhielt. Jetzt glitzerte der Sonnenschein von Türmen, Hängebrücken und von Menschenhand geschaffenen Glasklippen. Und er breitete sich auch in den Grünzonen aus. Überall sprossen und blühten die Bäume, die eine ungeheure Größe annahmen.

Die Stadt war ein wundervoller Ort, sie konnte einem gefallen. Wenn man ein Mann oder eine Frau war, konnte man durchaus ein glückliches Leben hier führen, ohne einen Gedanken an die Erforschung der Galaxis zu verschwenden. Aber auch in Anbetracht dieses Gedankens konnte Inglis nicht umhin, sich zu wünschen, der Admiral würde einen Auftrag für ihn haben, der ihn sonstwohin brachte.

Der Turm tauchte vor ihm auf. Inglis fädelte den Gleiter in den Weg ein, den er nehmen mußte, ließ seine Identitätskennziffer aufblitzen und schaltete auf den Autopiloten. Er setzte die Handschaltung außer Kraft, lehnte sich zurück, zog eine frische Zigarre hervor und steckte sie sich an. Die erste heute.

Irgendwo im Inneren des gewaltigen Kolosses aus Kunststoff und Glas registrierte und leitete ein Computergehirn die zahllosen Gleiter, die unentwegt in das Gebäude hinein- und aus ihm herausflogen. Es teilte sie ein, brachte sie zu ihren Landeplätzen oder sorgte dafür, daß sie von anderen städtischen Verkehrskontrollen übernommen wurden. Inglis wartete, bis seine Maschine hinuntersank. Er war ruhig und gelassen. Jeder, der viel Zeit im Weltraum zugebracht hatte, war auch ans Warten gewöhnt.

Am Landeplatz wurde er von einer menschlichen Gestalt in Empfang genommen. Schon wieder ein Mädchen in einer wie angegossen sitzenden Uniform, dessen Röckchen viel zu kurz war, um an eisenharte Disziplin auch nur denken zu lassen. Das Mädchen lächelte jedoch nicht, als es die Fahrzeuge einwies. Wahrscheinlich war es schon seit über einer Stunde im Dienst und hatte es jetzt satt.

Das Mädchen dirigierte Inglis' Gleiter in eine Garage, und ihn selbst in einen Empfangsraum. Hier empfing ihn das letzte Drittel des Drillingspärchens, dessen erstes er schon am Morgen auf dem Bildschirm gesehen hatte. Man bat ihn, in einer komfortablen Lounge zu warten.

Trotz seiner phlegmatischen Akzeptanz dieser Prozedur fing Inglis an, nachdenklich zu werden. Immerhin war das Solarian Culture Dissemination Bureau* eine äußerst mächtige Organisation in der Hierarchie der Ministerien und Dienste, die das Solare Sternenreich verwalteten. Was konnte man bloß von einem relativ bedeutungslosen Colonel wie ihm wollen?

Zum Teufel, warum stellte er sein Licht eigentlich unter den Scheffel? Wäre er irgendein völlig unbedeutender Colonel der Raummarine gewesen und sie hätten Interesse an ihm gezeigt, wären sie ihm mit Sicherheit mit noch größeren Barrieren entgegengetreten. Jedenfalls nicht bloß mit Formularen mit fünf Kopien.

Inglis erlaubte es sich, ein wenig aufgeregt zu werden.

Die Empfangsdame schaute auf. Sie lauschte ihren Instrumenten. Dann, ohne ein Lächeln, doch mit perfekter Herzlichkeit, sagte sie: »Würden Sie bitte Tür fünfzehn nehmen, Colonel Inglis?«

»Vielen Dank«, sagte Inglis und stand auf. Tür fünfzehn brachte ihn in einen Gang, an dessen anderem Ende sich wieder eine Tür befand. Dahinter stieß er auf eine weitere. Er ging hindurch.

Ein ziemlich großer, äußerst schweigsamer und schroff wirkender Mann in schwarzer Kleidung, der eine Maschinenpistole trug, tastete Inglis ab. Dann gab er ihm mit einem mürrischen Ton zu verstehen, daß er sauber sei und weitergehen könne.

Inzwischen wußte Inglis nicht mehr, ob er sich beleidigt oder eingeschüchtert fühlen sollte. Oder ob er lachen sollte.

Die letzte Tür brachte ihn in ein Vestibül. Gedämpftes Licht und ein dicker Teppich überzeugten ihn davon, daß er endlich wieder in die Zivilisation zurückgekehrt

* Büro für die Aussaat solarer Kultur

war. Er ging weiter und gelangte in einen großen Raum, dessen Decke sehr hoch war. Die Wände waren mit etwas bedeckt, das er als Karten identifizierte, auch wenn sie momentan aus Sicherheitsgründen ausgeschaltet waren. Hier gab es auch ein paar bequeme Lehnsessel und einen Tisch, auf dem diverse Getränke bereitstanden. Die ihm gegenüberliegende Wand war mit einer Kommunikatorkonsole versehen, und er sah zwei Globen, die im Augenblick nicht beleuchtet waren.

Dick Myrtle grinste ihn strahlend an und streckte ihm die Hand entgegen.

»Roy, du alte Landratte! Wie geht's dir?«

»Dick! Ich dachte, dich hätten sie schon vor Jahren in Pension geschickt. Wie geht's dir, alte Düse?«

Die nächsten Minuten verbrachten sie mit ähnlichem Unsinn. Inglis war wirklich erfreut, Dick Myrtle wiederzusehen. Sie waren sehr lange auf dem gleichen Schiff gefahren. Aber es war so gekommen, wie es immer kam: nachdem sie die alte SAPPHO verlassen hatten, war keiner von ihnen auch nur auf die Idee gekommen, den anderen zu kontaktieren.

»Verheiratet bist du?« fragte Myrtle. Komischerweise gefror sein Willkommensgrinsen nun ein bißchen. Aber er war dennoch immer noch der alte Dick Myrtle, der nichts ernst nehmen konnte und gern ein Späßchen machte. Schließlich wandte er sich dem anderen Mann zu, der sich im dem Raum aufhielt.

»Entschuldige, Gus. Aber wir sind uralte Kumpane.«

»Ist schon in Ordnung, Dick«, sagte Gus. »Aber laß mich den Mann mal sehen, den du mir empfohlen hast.«

»Empfohlen?« sagte Inglis und schüttelte Gus' ausgestreckte Hand. Der Mann war stämmig, und die dunkelblaue Uniform gab seiner Gestalt noch mehr Format. Sein Gesicht war von Wind und Wetter gegerbt und wies zahlreiche kleine Äderchen von blauer Farbe auf. Seine Augen lagen tief in den Höhlen. Sein Blick wirkte irgendwie umwölkt und ließ kaum Emotionen erkennen. Er trug einen kleinen Edelstein im linken Ohrläppchen.

Erst nachdem er all dies zur Kenntnis genommen hatte, fiel Inglis auf, daß Gus' Schulterstücke ein enormes Gewicht hatten.

Er schluckte. An sich hatte er geplant, irgendeine launige Bemerkungen zu machen und Gus ›Gus‹ zu nennen. Statt dessen jedoch sagte er: »Colonel Inglis, Sir. Ich melde mich wie befohlen zur Stelle, Herr Admiral.«

Wie brachte es der Pedant Dick Myrtle bloß fertig, einen ausgewachsenen Admiral mit dem Vornamen anzusprechen?

Admiral Rattigan ging auf die Sitzgruppe zu. Nachdem er Platz genommen hatte, stieß er einen Grunzlaut aus und sagte: »Ich habe einen Auftrag für Sie, Roy. Sie haben doch beim Aussaatprojekt mitgearbeitet? Sie kennen den Laden also. – Nun ... es ist genau das eingetreten, wogegen wir uns wappnen wollten.«

»Dreitausend Jahre ...« sagte Inglis.

»Nein«, sagte der Admiral, »es geht nicht um irgend etwas, das in vager Form in der Zukunft liegt. Wir stehen dem Bösen gegenüber, und zwar hier und jetzt!«

3. Kapitel

Brachte man Kindern im Verlauf ihrer Erziehung bei, daß vor langer, langer Zeit auf der Erde hundert verschiedene Religionen verbreitet gewesen waren, die den Planeten mit Angst, Mißverstehen und Hader erfüllt hatten, erntete man nur offenen Unglauben.

Unterschiedliche Denkweisen, verschiedenartige Formen logischen Vorgehens; Veränderungen, die den Umständen unterworfen waren – all dies (und mehr) erschien ihnen verständlich. Doch daß sich zwei Menschen in Sachen Religion uneins sein sollten – das war etwas, das über jedes menschliche Verständnis hinausging.

Wenn man eine große universelle Religion akzeptierte, die auf Licht und Entgegenkommen, Macht und absolutem Verständnis beruhte, war die Vorstellung, das Gegenteil könne nur noch aus dem bestehen, was die Hölle höchstpersönlich ausbrüte, nur ein kleiner Schritt. Deswegen mußte das Licht auf jedem Planeten verbreitet werden, ob der Mensch ihn schon betreten hatte oder nicht. Denn die alten Unduldsamkeiten waren ausgemerzt worden.

Erdenmenschen, die zu den Sternen flogen, waren dem Glauben verhaftet, daß sie hinreichend genug Entgegenkommen zeigten, wenn sie einer fremden Kultur auf freundliche Weise begegneten, um in Demut zu forschen, zu lernen und – falls nötig – auch zu lehren.

Blutigen Auseinandersetzungen ging man aus dem Weg.

So war aus dem relativ winzigen Teil der Galaxis, den die Menschheit erforscht und dünn besiedelt hatte, eine lose Konföderation von Sternensystemen geworden, die miteinander in freundlichem Einvernehmen lebten. Man nannte diesen Verbund das Solare Sternenreich.

Und im gesamtem Sternenreich hatte es nur wenige

Kriege und interstellare Konflikte – und noch weniger Invasionen – gegeben. Ein wandernder Strom kriegslüsterner fremder Schiffe hatte zwar Ärger verursacht, aber im Zuge ihrer Vertreibung hatten die Menschheit und ihre Alliierten starke Streitkräfte aufgebaut. Dieser Zwischenfall hatte ihnen die Augen geöffnet und zur Gründung des Culture Dissemination Bureau geführt.

Doch auch wenn man mit einer universellen Religion versehen war, deren Vorgehensweise sich auf menschliche Erfahrungen begründete (so daß die Menschen aller vergangenen Epochen *verstehen* konnten, daß das, was sie predigte, das Beste und Richtigste war, ohne daß es Andersdenkende oder solche gab, die über dies und jenes unglücklich waren und sich in Harmonie einlullten), das CDB durfte die anti-humane Denkweise, die die Erhabenheit des Meschen, sein Grundrecht auf Freiheit und Glück sowie das Recht, sein eigenes Leben zu führen, nicht mehrte, keinesfalls außer acht lassen. Eine solche Denkweise konnte gar nicht anderes sein als böse.

Es war nicht die simple Frage nach Schwarz oder Weiß. Alles was die Menschheit während der letzten Jahrhunderte über sich selbst erfahren hatte, hatte mit zu ihrer gegenwärtigen Lebensweise beigetragen.

Stieß man auf eine Weltanschauung, die der des Menschen diametral entgegengesetzt war, und sie wies nicht die Geduld auf, willig in sich zu gehen, zu lernen und zu verstehen; wenn die Denkweise einer fremden Rasse nicht auf die gleiche Wellenlänge zu bringen war wie die menschliche, dann *mußte* sie schlecht sein.

Während der gesamten Geschichte des Solaren Sternenreiches war man auf keine bösartige fremde Kultur gestoßen.

Das CDB war dennoch gegründet worden – als reine Vorsichtsmaßnahme.

Und jetzt, in diesem stillen Büro, das sich in den oberen Stockwerken des CDB-Gebäudes befand, in einem

Zimmer, an dessen Wänden sich Karten befanden und beleuchtbare Globen darauf warteten, eingeschaltet zu werden, saß Roy Inglis seinem alten Kollegen Dick Myrtle und einem ordenbehängten Raummarine-Admiral namens Gus gegenüber. Und er mußte sich sagen lassen, daß man nun doch auf das ultimate Böse gestoßen war.

Es fiel ihm nicht ganz leicht, diese Information zu verdauen.

»Aber hat man auch wirklich alles versucht?« fragte Inglis automatisch. »Bisher haben wir erst dann jemanden zu unserem Feind erklärt, wenn er aufgehört hat, uns als Freund zu bezeichnen. Und selbst dann . . .«

»Ich weiß, Roy, ich weiß.« Admiral Rattigan saß schwerfällig in seinem Sessel. Seine verklärten Augen verbargen die Gedanken, die ihn bewegten. »Der Herr im Himmel weiß, daß wir alles Menschenmögliche versucht haben. Natürlich ist alles noch geheim, obwohl es da und dort wohl . . . ein paar Lecks gegeben hat. Die Sache ist so ernst, daß sie beinahe unser Begriffsvermögen übersteigt. Wir sind kaum in der Lage, die Sache wirklich *ernsthaft* zu sehen.«

Lecks. Inglis fiel ein, daß es meist umgekehrt war: Da gab es irgendeinen Geheimdienst, der die größten Geheimnisse der Welt kannte und dennoch nie auf die Idee gekommen wäre, sie mit einem unter dem gleichen Dach tätigen anderen zu teilen, auch wenn dieser auf sie angewiesen war. Aber derlei Dinge würden sich wohl nie ganz vermeiden lassen. Jetzt jedoch, wo allgemeine Verschwiegenheit einem nichts an Informationsvorsprung einbrachte, gab es eben andere Gründe, mit Insider-Wissen zu glänzen.

»Seit wir davon wisssen«, fuhr Admiral Rattigan fort, »hat niemand die Geschichte wirklich geglaubt – und das gilt für alle, bis hinauf in die höchsten Etagen. Sie *glauben* es einfach nicht! Mir persönlich fällt es auch nicht leicht, die Sache einfach so hinzunehmen. Aber trotzdem: Wir sind dem ultimaten Bösen schließlich doch begegnet.«

»Dem ultimaten Bösen«, sagte Inglis vor sich hin

Er verstand jetzt, warum man ihn ohne ein Lächeln willkommen geheißen hatte. Und dabei waren die Heiterkeit und die sorglosen Begrüßungssprüche des Dienstpersonals schon sprichwörtlich. Die Leute, die ihn empfangen hatten, hatten diesmal nicht sorglos gewirkt. Sie hatten gewußt, daß irgend etwas nicht in Ordnung war. Sie fühlten es, es war wie eine Aura, die jeder ihrer Vorgesetzten mit sich herumtrug. Es war zwar nichts, was die kleinen Dienstgrade genau lokalisieren konnten, aber sie bekamen die Auswirkungen irgendwie zu spüren.

»Ein paar Theologen«, sagte Inglis zögernd, »haben die Behauptung aufgestellt, es gäbe kein Böses von großem Ausmaß. Und sie haben behauptet, daß wir auf den Fehler in unserem Denken stoßen, wenn wir es einer Überprüfung unterziehen.«

»Ich würde es begrüßen, wenn es so wäre, Roy. Nein. Nein, wir haben keinen Fehler gemacht, und damit beziehe ich mich auf unsere größten Denker.«

Dick Myrtle sprach langsamer und nachdenklicher als in den Tagen, in denen Inglis mit ihm auf Fahrt gewesen war.

»Das Böse ist ebenso eine Macht wie das Gute«, sagte er, »das wissen wir alle. Es zeigt sich nicht nur darin, indem es ein paar Kinder in siedendem Öl kocht oder die halbe Bevölkerung eines Planeten verhungern und die andere Hälfte abschlachten läßt, damit ein paar Auserwählte ein Luxusleben führen können. Es ist auch nicht nur unfreundlich zu deinem Nächsten. All dies sind nur Erscheinungsformen des Bösen.«

Rattigan sagte: »Erinnerst du dich noch an den Bericht über die Kultur dieses Binärsystems – wie hieß es doch gleich? – dessen planetare Umlaufbahnen jedem

Sommer zwei Winter bescherten?«

»Klordovian, Gus. Die Sommer dort waren herrlich.«

»Ja, so hieß der Planet, Dick. Weißt du noch, daß man dort jedes dritte Kind aussetzte? Und daß man, wenn der Winter heranzog, jeden dritten Greis lebendig begrub?«

»Ich erinnere mich auch daran«, sagte Inglis. Die Zeitungen und Nachrichtensendungen waren voll davon gewesen.

»Nun«, fuhr Rattigan fort, »wir haben darüber diskutiert und konnten gewisse ökologische Veränderungen durchführen. Wir haben den Leuten dort geholfen. Heute haben sie dieses angeborene Verlangen nicht mehr, sich gewisser Leute zu entledigen, wenn die Zeiten etwas härter werden. Aber jede Gruppe von Terranern in einem trudelnden Schiff, das zu wenig Sauerstoff oder Nahrung an Bord hat, wird um des Überlebens willen Strohhalme ziehen. Es ist eine Sache der Einstellung – und eine Sache der Diskussionsbereitschaft.«

»Und Sie haben mit diesen Fremden – mit den Bösen – gesprochen?«

»Eine Scout-Einheit hat mit ihnen gesprochen – ein Glück für das CDB. Ich habe die Transkripte. Sie können sie später ansehen. «Rattigan seufzte und befummelte den Edelstein an seinem Ohrläppchen. »Jeder, der sie studiert hat, hat den gleichen Schluß gezogen. Sie sind schlecht.«

»Nicht nur irgendeine fremde Gruppierung, die rein zufällig nicht so denkt wie wir?«

»Auf keinen Fall. Sie sind viel, viel mehr.«

»Es sieht also so aus«, sagte Myrtle finster, »daß wir unsere Waffen wieder entrosten können – die Bomben, Chemikalien, Strahlen, und den ganzen Rest.«

»Es sieht verdammt nach einem Krieg aus«, sagte Admiral Gus Rattigan. »Da kann man Gift drauf nehmen.«

»Krieg.« Inglis fand diese Vorstellung abscheulich. Er war kein religiöser Fanatiker, der von irgend etwas getrieben wurde. Er war ein Angehöriger der Raummarine, der seiner Arbeit nachkommen wollte. Und wenn dieser Arbeit einen Krieg mit einschloß, würde er ihn eben hinnehmen, auch wenn sein zivilisierter Geist dergleichen für pure Idiotie hielt.

»Krieg«, wiederholte er. »Welche Kontakte haben die Fremden bisher . . .«

Rattigan kicherte. Er hörte sich an wie ein heißlaufender Atomreaktor. »Überhaupt keinen.«

»Wie?«

»Das Scoutschiff war gerissen genug, den Fremden keinen Hinweis auf unsere Raumposition zu hinterlassen. Natürlich braucht man nicht lange herumzurätseln, um irgend eine Raumzone auszuwählen und zu sagen, ›Sie müssen von dort gekommen sein‹, aber eine bestimmte Sonnengruppe hat man damit noch nicht aus der Galaxis herausgefiltert.«

»Aber«, sagte Inglis, während ein kalter Schauer sein Rückgrat hinunterlief und sich geradewegs in seinen Zehen einnistete, »wissen *wir,* woher *sie* kommen?«

Admiral Rattigan schüttelte langsam den Kopf. Er sah Inglis voll in die Augen. Sein Mund war geschlossen, seine Kiefer wirkten wie verkeilt. Nach der vorangegangenen Konversation wurde es plötzlich sehr still im Zimmer.

Inglis sagte leise: »Haben Sie mich aus diesem Grund zu sich bestellt?«

Rattigan öffnete den Mund, um nur ein Wort hervorzustoßen. Dann schloß er ihn wieder.

»Ja.«

Es oblag Dick Myrtle, die gespannte Situation zu entkrampfen. Er erhob sich, ging auf den Himmelsglobus zu, der ihnen am nächsten war, und schaltete ihn ein. Lichter sprenkelten den Globus, kleine Lichtfünkchen, die Muster und Ringe ergaben. Dazwischen befanden sich schwarze Flecke. Die Sterne und galaktischen Leerräume in den Tiefen des Raumes.

»Die Erde, das Solare Sternenreich«, sagte Myrtle und deutete auf das, von dem er sprach. »Hier ist es mit dem Scoutschiff zum Kontakt gekommen. Das fremde Schiff nahm einen Kurs, der hierhin führt. Es war voll ausgerüstet und zu ausgedehnten interstellaren Reisen fähig.« Er schnipste mit den Fingern. »Sie könnten jetzt irgendwo hier draußen sein.«

»Ich nehme den Auftrag natürlich an, Herr Admiral«, sagte Inglis. »Und vielen Dank.«

»Sind Sie nicht verheiratet?« fragte Rattigan. »Was ist denn . . .«

»Ich glaube, deswegen braucht sich niemand von uns den Kopf zu zerbrechen«, sagte Inglis heiser. Selbst in einer Welt, die über eine universelle Religion verfügte, waren Schwierigkeiten mit Ehefrauen nicht unbekannt.

»Sie können morgen starten?«

»Heute.«

»Gut.«

Und damit stand die Sache fest. Nun ja, er hatte sich darüber beschwert, daß er allmählich zu weich wurde. Jetzt hatte er eine Chance, wieder in den interstellaren Raum zu gehen. Dort würde er herausfinden, ob er wirklich weich geworden war.

Der Rest der Einzelheiten wurde ihm in knappen Worten mitgeteilt, wie es unter Raumfahrern üblich war – welches Schiff er nehmen würde, wie die Mannschaft aussah, wer der Kapitän war, über welche Bewaffnung es verfügte. Und dann noch die allgemeinen Direktiven.

»Bewaffnung?« fragte Inglis, als sie zur Sprache kam.

»Wir verfügen über starke Streitkräfte, Roy«, sagte Rattigan, »auch wenn sie noch keinen Einsatz geflogen sind. Die letzten Kämpfe, in die das Solare Sternenreich verwickelt wurde, liegen ja schon geraume Zeit zurück.

Aber wir haben Schiffe, Männer und Waffen. Und einige der Männer sind bestens ausgebildet. Sie werden eine voll ausgebildete Kriegseinheit mitnehmen. Wir wollen hoffen, daß sie sich in einem wirklichen Kampf so verhalten, wie es ihre Ausbilder bestätigt haben.«

»Krieg . . .«, sagte Inglis. Er schüttelte den Kopf.

»Wir möchten allerdings, daß Sie nur dann kämpfen, wenn Sie dazu gezwungen werden«, sagte Admiral Rattigan. »Und wenn es dazu kommen sollte, gehen wir davon aus, daß Ihre Mission ein Fehlschlag war. – Sie verstehen, was ich meine?«

»Ja. – Aber da ist noch etwas... Kannst du Laura – meiner Frau – diese Neuigkeit schonend beibringen, Dick? Ich möchte ihr nicht weher tun, als unbedingt nötig.«

»Gemacht.«

»Noch etwas, Colonel Inglis.« Admiral Rattigan äußerte sich bewußt langsam, machte eine Pause, stand auf, verschränkte die Hände hinter dem Rücken und fing an, im Zimmer auf und ab zu gehen. »Ihr Auftrag besteht darin, diese Fremden ausfindig zu machen. Finden Sie heraus, wo ihre Heimat, ihre Basis ist; der Planet, von dem sie kommen.« Er blieb vor Inglis stehen, der sich ebenfalls erhoben hatte, und federte leicht mit den Knien, als er zu seinem größeren Gegenüber aufschaute. »Aber sorgen Sie dafür, daß die Fremden nicht durch Sie erfahren, wo die Erde liegt. Gehen Sie in dieser Hinsicht keinerlei Risiko ein. Möglicherweise müßten Sie, um dies sicherzustellen, zu extremen Mitteln greifen. Vielleicht müssen Sie sogar...«

»Ich verstehe“, sagte Inglis.

Weich sollte er sein? In diesem Fall konnte er es sich nicht mehr erlauben.

»Ich verstehe Sie völlig, Herr Admiral«, sagte er.

4. KAPITEL

Abgesehen von einem parseklangen Wirbel interstellaren Staubes und einem umherschweifenden Strahlungsfeld, das die Detektormesser nervös erzittern ließ, war der Weltraum leer.

Um den Leichten Kreuzer SWALLOW herum erstreckte sich das All, von dem letzten Stern, den sie passiert hatten, bis zum nächsten in aller Klarheit: ein hartes, buntes Pünktchen aus Licht, das sich nur wegen seiner Nähe von der Sternenzusammenballung abhob, die die Galaxis ausmachte.

Der Kontrollraum des Leichten Kreuzers war eine warme Oase menschlicher Ausgeglichenheit. Er war mit gelbem Licht und der Sorgfalt menschlicher Geschäftigkeit erfüllt. Die Umgebung war vertraut und beruhigend. Sie ließ die Männer die Ödnis vergessen, die sich außerhalb der Schiffswände ausbreitete.

Commander Luigi Varese stand mit dem Rücken zu den Bildschirmen und ignorierte die übertragene Aussicht. Er war, wie viele Frauen bestätigt hatten, ein gutaussehender Mann mit einem interessanten Gesicht, und er bewegte sich mit der leichtfüßigen Eleganz eines Tänzers. Er war von einer Zuvorkommenheit, wie sie für die Bewohner der Mittelmeerzonen typisch ist. Wie Admiral Rattigan trug auch er einen Edelstein im Ohrläppchen. Er war ein Raumfahrer.

Im Moment stand er da und beobachtete die Routinearbeiten, die man auf der Brücke durchführte. Er trug eine dunkelblaue Uniform und hielt die Hände auf dem Rücken. Sein ansehnliches Gesicht lächelte nicht. Sein Mund zeigte einen leichten Anflug von Verdruß, was nicht sehr oft vorkam.

Dann fuhr er abrupt herum und gestikulierte in Richtung der hinter ihm befindlichen Bildschirme. Seine Worte wurden, auch wenn er sie keineswegs im Flüsterton äußerte, lediglich von den Ohren desjenigen vernommen, für die sie bestimmt waren. Die etwa ein Dutzend Offiziere und Techniker, die auf der Brücke beschäftigt waren, hörten nichts, was nicht auch für sie bestimmt gewesen wäre. Varese war ein ausgezeichneter Raumoffizier.

»Unsere Jagd ist ein vergebliches Bemühen«, sagte er. »Ich hatte dieses Gefühl schon, als wir abhoben, auch wenn ich nicht erkannte, worauf es basierte. Und wie sollte man es auch erkennen... unter all diesen Sternen, denen wir uns nähern, und die immer dichter werden, je näher wir dem Zentrum kommen...« Er hielt inne, schien über seine eigenen Worte nachzusinnen. Dann fuhr er fort: »Der erste Kontakt kam aus purem Zufall zustande; das ist uns allen klar. Sehr bald werden wir irgendwo dort draußen sein, während sie nichts anderes tun, als ihre Kapseln abzuwerfen.«

Und dann, nachdem er sich auf das vorbereitet hatte, was er eigentlich hatte sagen wollen, fügte er hinzu: »Deswegen ist es nötig, Colonel, daß ich Ihnen den offiziellen Rat erteile, wir sollten angesichts des kritischen Zustandes der Schiffsgeneratoren eine Rückkehr zur Basis vornehmen. Ich schlage eine sofortige Kehrtwendung um hundertachtzig Grad vor.«

»Danke, Commander.« Inglis konnte es dem Mann durchaus nachfühlen. Immerhin hatten sich die Angehörigen der Raummarine schon immer für die wichtigsten Leute im All gehalten. Es war auch nicht weiter verwunderlich, daß sich Commander Varese verdrießlich fragte, warum man *ihn* nicht mit dieser Aufgabe betraut hatte. Bis jetzt hatte die Anwesenheit von Colonel Inglis auf der SWALLOW ihrer Suche jedenfalls nicht das geringste genützt.

Inglis hatte den Versuch unternommen, zu Varese freundschaftliche Beziehungen aufzunehmen, aber bisher war dieses Unterfangen nur teilweise von Erfolg gekrönt gewesen. Im All entwickelte jeder rasch seine eigenen Verhaltensweisen. Raumfahrer umgaben ihre Gefühle mit einer Schutzwand, einem Wall, der sie vor der großen Finsternis beschützte und von anderen Menschen isolierte. Man mußte einen Menschen schon sehr lange kennen, bevor man ihn vorbehaltlos akzeptierte. Doch das Gegenteil entsprach auch der Wahrheit: Wenn man sich Gefahren gegenübersah, konnten unzerstörbare Bande der Freundschaft auch innerhalb von Mikrosekunden entstehen.

Er versuchte es erneut, ohne sich etwas anmerken zu lassen.

»Wie ernst steht's um die Maschinen, Commander? Ich meine, könnten Sie mir irgendeine Vorstellung darüber vermitteln, wie lange sie's noch tun werden? An sich wäre ich sehr daran interessiert, wenigstens diesen Spiralarm noch abzugrasen...«

»Wir könnten den nächsten Stern noch erreichen«, sagte Varese. »Dann wären wir immer noch in der Lage, die Heimatbasis zu erreichen. Aber wir sind unheimlich weit von ihr entfernt.«

»Ja. Mitten in der Abwurfzone, wie Sie schon sagten.« Inglis lächelte. »Ich weiß, wie gering die Chancen sind, irgend etwas in der Galaxis aufzustöbern, Commander. Der Herr ist mein Zeuge, der erste Kontakt war wirklich ein unglaublicher Zufall. Aber wenn die Fremden irgendwo dort draußen sind... Je weiter wir uns hinauswagen, desto größer ist die Chance, daß wir irgendwo über sie stolpern. Es ist wirklich nur eine Frage der Berechnung.«

»Stimmt«, sagte Varese. »Aber ich muß an mein Schiff und an die Mannschaft denken.«

»Richtig. – Aber ich muß an... Verzeihen Sie mir, daß ich es erwähnt habe. Es war wohl nicht sehr taktvoll.«

Varese lachte. Die finsteren Linien auf seinem Gesicht glätteten sich.

»Zumindest sind Sie ehrlich, Colonel. In Ordnung. – Wir sehen uns den Stern noch an, auf den wir zuhalten. Und dann…«

»Und dann können die armen, erschöpften Maschinen uns nach Hause bringen.«

Auch dies nahm Varese gut auf. Inglis war mit sich zufrieden. So wie er sich in letzter Zeit gefühlt hatte, fiel es ihm nicht schwer, jeden Menschen gegen sich aufzubringen – und ganz besonders einen Mann, der mit Fug und Recht von sich behaupten konnte, er sei einfach übergangen worden.

Die Fahrt zu jenem Punkt, an dem man den Fremden erstmals begegnet war, war ganz nach Plan verlaufen. Von jetzt an, meinte Inglis, mußte die Wahrscheinlichkeit, irgendwo auf sie zu stoßen, immer größer werden – falls Gus Rattigans Vermutungen stimmten. Die SWALLOW war ein Leichter Kreuzer der Standardklasse und mit allerlei nützlichen Dingen ausgestattet. Leider hatte sich herausgestellt, daß einige ihrer Generatoren schadhaft waren. Vareses Vorschlag, daß sie so schnell wie möglich zur Basis zurückkehren sollten, war absolut in Ordnung. Auch wenn es einen zur Weißglut bringen konnte – dergleichen war für den Weltraum typisch.

Als der Commander zum nächstenmal mit ihm sprach, klang seine Stimme verändert und stand in einem deutlichen Kontrast zu der positiven Lebhaftigkeit, die Varese sonst auszeichnete.

»Darf ich davon ausgehen, Colonel, daß Sie auch die Möglichkeit eines… Köders berücksichtigt haben?«

»Habe ich, Commander«, erwiderte Inglis.

»Hmm. Nun ja. Wir sind kein Scoutschiff«, sagte Varese, »und unsere Instrumente können viel weniger Raum überwachen als Scouts. Die Schiffe der Scout-Einheiten bestehen ja praktisch ausschließlich aus

Überwachungsanlagen... Oh, gewiß, wir sind nicht zahnlos, wir können kämpfen. Aber unsere blitzenden kleinen Wäffchen, auf die ich so stolz bin, könnten sich auch als relativ nutzlos erweisen, würden wir auf einen Fremden stoßen, der größenmäßig und waffentechnisch mehr draufhat als ein Scout...«

»Wollen Sie damit andeuten, uns könnte ein Scoutschiff folgen, das sich hinter dem Radar-Horizont und außerhalb der Bildschirm-Reichweite befindet? Mit dem Auftrag, uns zu überwachen? Ein Scoutschiff, das ständig mit der halben Flotte des Sternenreiches in Verbindung steht, die nur darauf wartet, alles aus dem Raum zu blasen, was sich anschickt, uns an die Kehle zu fahren?«

»So etwas Ähnliches.«

In der Pause, die diesen Worten folgte, schrillte der Kontakt-Alarm.

Commander Varese wandte sich automatisch dem Bildschirm zu. Inglis, der das Gefühl hatte, damit nichts zu tun zu haben, versuchte sich zu entspannen, aber das geschäftige Hin und Her der Techniker, die sich nun über ihre Anzeigen beugten und ein Kontaktbild auf die Schirme zauberten, zerrte an seinen Nerven. Er spielte mit dem Gedanken, sich eine Zigarre anzustecken, entschied sich aber dann dagegen.

Eine universelle Religion, die sich auf das Beste begründete, was das Leben der Vergangenheit geboten hatte, und geschaffen worden war, die größten Notlagen der Menschheit zu lösen, brachte gewiß nicht automatisch die Erschaffung des perfekten Menschen mit sich. Vielleicht hatte sich der Charakter des Menschen überhaupt nur ganz leicht verändert, seit er sich zum ersten Mal aufgerichtet hatte, um mit Feuerstein und Flammen zu experimentieren. Aber beruhigenderweise war der Mensch immer noch ein Mensch geblieben, und dies, so hoffte man, würde er um des Überlebens seiner Art willen, auch in Zukunft bleiben.

Varese war ein erstklassiger Offizier und ein beispielhaftes Exemplar der Spezies Mensch – aber er verspürte immer noch einen natürlichen Groll, weil man ihn auf dieser wichtigen Reise unter das Kommando eines Colonels der Marine gestellt hatte. Inglis scheuchte diesen Gedanken beiseite, indem er sich vorzustellen versuchte, was Laura jetzt wohl tat. Das Identifizierungssignal klingelte triumphierend.

Der Techniker las das transkribierte Wort ab.

»Es ist das CDB-Schiff ISABELLA, Sir.«

»Eins von uns!« Varese atmete heftig aus. »Dann haben wir die Abwurfzone also immer noch nicht hinter uns gebracht. Die sind ja ganz schön weit vorgedrungen seit damals.«

»Das kann nur bedeuten, Commander«, sagte Inglis finster, »daß sich die Fremden innerhalb unserer Abwurfzonen aufhalten.«

»Mit anderen Worten«, sagte Varese, »auf *wessen* Planeten haben die CDB-Schiffe in letzter Zeit ihre Propheten abgeworfen, stimmt's?«

»Richtig«, sagte Inglis. »Ich frage mich, wie lange die ISABELLA schon hier draußen tätig ist?«

»Wir nähern uns ihr sehr schnell. Bald werden wir es wissen.«

Die SWALLOW flog auf die ISABELLA zu. Zwischen den Sternen bewegten sich die Schiffe mit Überlichtgeschwindigkeit und konnten einander nur unter Zuhilfenahme einer komplizierten Apparatur wahrnehmen, die ihre Umrisse registrierte und in ein System erkennbarer Bilder übersetzte. Der Captain der ISABELLA stand vor der Aufnahmeeinheit seines Bildschirms und lächelte ein Willkommen, als er die unerwarteten Besucher wahrnahm, die aus der Heimat kamen. Und die Heimat nahm mit jedem Jahr an Wert für ihn und seine Männer zu.

»Captain N'Gombi vom CDB«, stellte er sich vor.

Varese tat es ihm gleich, dann stellte er N'Gombi Inglis vor.

»Wie lange sind Sie schon draußen, Captain?«

N'Gombis intelligentes schwarzes Gesicht verlor nicht eine Spur seines Lächelns. »Wir bringen gerade das fünfte Jahr zu Ende. Wir haben noch etwa hundert Propheten im Laderaum. Sobald sie abgeworfen sind ...« Er brauchte den Satz nicht zu beenden.

Inglis erinnerte sich an seine eigene Zeit beim CDB. Er war neun Jahre auf Achse gewesen. Neun Jahre, eingeschlossen in einem Raumschiff, auch wenn es ungeheuer groß gewesen war. Und in all diesen Jahren hatte er nicht einmal den Fuß auf die Oberfläche eines Planeten gesetzt. Sie waren zu sehr beschäftigt gewesen, um sich dergleichen leisten zu können. – Sie waren von Sonnensystem zu Sonnensystem gerast, hatten Planeten ausfindig gemacht, sie auf ihre Eignung hin überprüft und Kapseln abgeworfen. Es war eine Erfahrung gewesen, die er nicht gern wiederholen wollte. Seine Rückkehr in die Ränge der Marine war ihm wie das Einatmen frischer Luft nach einer lebenslangen Existenz in einer Blechbüchse erschienen, in der man die Atmosphäre ständig wiederaufbereitete. Obwohl er diesen Job nur neun Jahre ausgeführt hatte, war er ihm wahrhaftig wie ein Leben erschienen.

Er sagte zu N'Gombi: »Nun, Captain, Sie werden ja bald wieder nach Solterra zurückkehren. Meine besten Wünsche dafür.« Dann – unbewußt – verhärtete sich seine Stimme, und er sagte: »Haben Sie irgendwelchen Kontakt mit fremden Schiffen gehabt?«

»Mit fremden Schiffen?« N'Gombis dunkle Züge drückten Interesse aus. »Nein. Abgesehen von drei Routineanrufen patrouillierender Kreuzer sind Sie der erste Kontakt, den wir haben. Wir haben Sie zunächst für eine Patrouille gehalten, auch wenn wir an sich keine mehr hier erwartet haben. Wir befinden uns hier ziemlich weit draußen.«

»Ja. Wir auch. Ziemlich weit draußen.«

Man unterhielt sich noch eine Weile über dies und jenes und tauschte Botschaften und Neuigkeiten aus, nach denen die weltraummüden Männer auf dem CDB-Schiff förmlich hungerten. Aber was Inglis anbetraf, so hatte er plötzlich das Gefühl, er müsse sich beeilen.

Varese kam ihm jedoch zuvor. Während des einsamen Treffens zwischen den Sternen konnte er, als Raumfahrer, die Erhabenheit ihrer Begegnung einschätzen: zwei winzige Hülsen, mit irdischer Luft gefüllt, trafen sich Parseks entfernt von all dem, was sie hervorgebracht hatte. Beide waren würdige Vertreter der menschlichen Rasse.

Varese sagte freundlich: »Unsere Begegnung hat mich wirklich sehr gefreut, Captain. Aber wir stehen unter einem größeren Zeitdruck, als Sie sich wahrscheinlich vorstellen können.« Er gab seinem Kollegen einige technische Erklärungen. N'Gombi hörte ihm aufmerksam mit leicht geneigtem Kopf zu.

»Ja, Commander. Ich glaube, es wäre am besten, wenn Sie sich auf dem schnellsten Weg heimwärts begeben würden. Ich kenne den Kreuzertyp, den Sie fliegen – ich habe die alte WYVERN befehligt –, und es wäre gewiß am besten für Sie, wenn Sie sich so schnell wie möglich ins Dock zurückbegeben würden.«

N'Gombi zögerte, und dann, als er offenbar über etwas nachgedacht hatte, sagte er: »Es ist wirklich schade, daß sie nicht die Patrouille sind, für die wir Sie anfangs gehalten haben. Wissen Sie, es zeichnet diese Leute aus, daß sie stets dann auftauchen, wenn man sie wirklich braucht. Wären Sie es gewesen, hätte ich Sie gebeten, eins der Sonnensysteme anzusteuern, die wir gerade verlassen haben. Uns ist leider während eines Abwurfs ein Mann über Bord gegangen.«

»Ist er im Raum verschwunden?«

»Nein.« Der Schmerz war in N'Gombis Gesicht deutlich zu sehen, und er nahm einen richtiggehend mit. »Es handelt sich um den Chef der Abwurfmannschaft. Eine Halterung hatte sich verklemmt. Als er sie gelöst hat, hat er das Gleichgewicht verloren und ist mitsamt der Kapsel durch den Abwurfschacht gefallen. Seine Männer haben gesehen, daß er sich an einem Tragering festhielt.«

»Varese fluchte. »Wie schrecklich! Bei dem Kapseltyp, den man heute verwendet, könnte er durchaus auf dem Planeten heruntergekommen und sicher gelandet sein . . .«

»So ist es, Commander«, erwiderte N'Gombi. »Es sieht so aus, als wäre einer meiner Leute lebend auf diesem unbekannten Planeten gestrandet.«

»Guter Gott«, murmelte Inglis vor sich hin. Er sagte dergleich nicht sehr oft, aber diese Geschichte ließ ihn wirklich frösteln. Natürlich konnte das große CDB-Schiff nicht einfach landen. Seine Befehle erlaubten keine unplanmäßigen Landemanöver auf irgendwelchen Planeten. Die Flotten des Aussaatprojekts waren ständig unterwegs, suchten einen Planeten nach dem anderen auf. Sie umkreisten eine Welt nur einmal, warfen ihre Kapseln ab und machten sich auf den Weg zum nächsten. Die Zeit war zu kostbar, um sie zu verschwenden, daß war Inglis klar. Er hatte neun Jahre mit der gleichen Tätigkeit zugebracht: Sie bestand aus langen Perioden unsäglicher Langeweile, die nur von kurzen Zeiträumen einer planetaren Umkreisung unterbrochen wurden, wenn es galt, einen Propheten mit seiner Kapsel abzuwerfen.

»Wir sind auf einer wichtigen Mission, Captain«, sagte Varese unschlüssig. »Wären wir lediglich eine Routinepatrouille, würden wir sofort losziehen, um ihren Mann aufzulesen. Leben sind kostbar. Aber . . .«

Inglis sagte plötzlich: »Unsere Mission nähert sich ihrem Ende. Wir werden nur noch ein Sonnensystem aufsuchen, bevor wir nach Hause zurückkehren. Wir können uns ohne weiteres auch auf das System konzentrieren, in dem der Mann verlorenging.«

Er erwähnte mit keinem Wort, daß selbst die Rettung von hundert Gestrandeten in den Augen von Gus Rattigan das Scheitern seiner Mission nicht verändern würde.

»Wenn Sie so freundlich wären, Commander Varese alle Einzelheiten und die Koordinaten zu übermitteln, machen wir uns sofort auf den Weg.«

Inglis hätte eine Staatsaffäre daraus machen können. Er hätte zögern, sich von den anderen anflehen lassen können. Aber Raumfahrer – echte Raumfahrer – verhielten sich nicht so, ob sie die universelle Religion nun praktizierten oder nicht. Im Weltraum war die Kameradschaft ein starkes Band, und sie erstreckte sich ebenso auf einen einzelnen Mann, der auf einem primitiven Planeten gestrandet war.

Inglis hörte den Details, die N'Gombi Varese übermittelte, nur mit halbem Ohr zu.

Man würde die Fremden – die feindlichen Fremden, deren Denkweise nicht mit der der Menschen auf einen Nenner zu bringen war – auf dieser Reise nicht finden. Vielleicht hatte er sogar trotz seiner markigen Worte und der geäußerten Hoffnung nie wirklich damit gerechnet, sie hier aufzustöbern.

Sein Leben lang war er bestimmten Verhaltensmustern gefolgt. Wenn er es richtig sah, hatte er sich immer nur abgestrampelt, um etwas zu erreichen. Und dann, wenn er einen bestimmten Auftrag erhalten hatte oder befördert worden war, folgte unweigerlich die Frustration, das Gefühl, etwas verloren zu haben und älter geworden zu sein. Selbst Laura – sogar die Ehe, die er mit sehr großen Hoffnungen angetreten hatte – hatte ihn im Stich gelassen. Oder hatte er sie und ihre Familie im

Stich gelassen – die autokratischen, hochwohlgeborenen, mächtigen Chalmers-Wong-Berkeleys? Hätten ihn doch bloß die spuckenden Triebwerke der SWALLOW nicht im Stich gelassen!

Nun ja, jedenfalls konnte der verschreckte und sehr wahrscheinlich verzweifelte Kapsel-Abwurfchef, der auf einem unbekannten Planeten gestrandet war, allmählich wieder Hoffnung schöpfen. Falls er nocht lebte. Und selbst wenn alles andere schiefging – Roy Inglis würde sich immer noch auf die Schulter klopfen können, weil er einen pechbehafteten Raumfahrer gerettet hatte. Im Zuge der Datenübermittlung erfuhr er auch seinen Namen.

Abd al-Malik ibn-Zobeir.

»Na schön, Abdul«, sagte Inglis leise. „Wir sind unterwegs, um dich zu suchen: Laß uns hoffen – und das gilt für uns beide –, daß wir Erfolg dabei haben.«

5. Kapitel

Unter ihnen rotierte der fremde Planet um seine Sonne. Er sehe aus wie der Erdball, wenn man ihn von einem im Orbit befindlichen Wettersatelliten aus sah. Aber es war nicht die Erde. Die Erde war unvorstellbar weit entfernt, irgendwo in einem langen galaktischen Ausläufer.

Haarfeine Drähte formten ein Kreuz. Neben dem Kreuz rasten zwei Zahlenkolonnen über die erleuchteten Schirme. Sie wurden langsamer, immer langsamer und glichen sich an, als die Swallow mit der Geschwindigkeit herunterging. Der Leichte Kreuzer verlangsamte und richtete sich darauf ein, in eine Kreisbahn zu gehen. Das haarfeine Kreuz legte sich über ein bestimmtes, dunkelschattiges Gebiet der planetaren Oberfläche. Die beiden Zahlenkolonnen zeigten jetzt übereinstimmend Null.

»Tja, Colonel, da sind wir. Jetzt liegt's an der Kameraabteilung, uns zu zeigen, was da unten los ist.«

»Eine äußerst rationelle Vorgehensweise, Commander", sagte Inglis. »Es erfreut das Herz.«

Zwischen den beiden Männern flogen immer noch die Funken. Inglis verabscheute es zwar, doch er hatte Verständnis dafür, wie Vareses Geist arbeitete. Er kam sich selbst wie ein Außenseiter vor. Er hatte nur einen Plan: Er wollte den armen Abdul Sowieso auf seinem unbekannten Planeten auflesen und dann schnellstens zur Basis zurückkehren, um sich ein neues, unbeschädigtes Schiff und einen anderen Kommandanten zu nehmen. Und dann nichts wie zurück in den Raum.

Möglicherweise hatte Varese ähnliche Gefühle.

Doch der persönliche Konflikt zweier Menschen, die beide stichhaltige Motive hatten, brachte keinerlei Konsequenzen mit sich, wenn man ihn vor dem Hintergrund der überwältigenden Autorität des Weltraums, seiner

Sterne und der damit verbundenen menschlichen Herausforderung sah. Der Mensch war so weit herangewachsen, daß er sich auf eine universelle Religion hatte einigen können – ob es richtig oder falsch gewesen war, spielte jetzt keine Rolle mehr –, und sein nächster Schritt würde darin bestehen, inmitten des Weltraums erwachsen zu werden.

Leutnant Chung trat ein. Er lächelte und hielt die gerade fertiggestellten und getrockneten Abzüge in der Hand.

Sie beugten sich zu dritt über die Aufnahmen. Eine kleine Wolke verdüsterte den größten Teil des Bildes, doch im allgemeinen waren die Aufnahmen klar.

»Vergrößerungen, Chung?« fragte Varese.

»Direktaufnahmen, Chef. Sehen sehr interessant aus«, erwiderte Chung.

Diese Fernaufnahmen waren immer interessant. Man richtete das Objektiv auf eine planetare Oberfläche, die dem Auge nur wie ein verwaschener Fleck erschien, doch wenn man die Negative entwickelte, zeigten sie jede Einzelheit und ließen einen sämtliche Möglichkeiten erkennen. Diese Aufnahmen bildeten keine Ausnahme.

Inglis benutzte ein Vergrößerungsglas, um noch mehr sehen zu können. Er verspürte bei seiner momentanen Tätigkeit noch mehr Erregung als beim Dahineilen in einem Leichten Kreuzer. Als Angehöriger der Raummarine konnte er das Terrain einer planetaren Oberfläche und deren Zustand beurteilen – und ebenso sämtliche Risiken, die ein Abwurf mit sich brachte.

Varese und Chung studierten inzwischen die restlichen Aufnahmen.

Chung hatte sich natürlich schon eine Meinung gebildet. Und es war für Inglis ziemlich offensichtlich, daß sich der junge Offizier nur mit Mühe zurückhalten konnte, um mit seinem Wissen nicht herauszuplatzen.

»Nun«, sagte Inglis, »es ist *wirklich* eine Stadt. Die ISABELLA war also zumindest hier.«

»Wie würden Sie eine solche Stadt denn nennen?« Varese zeigte auf die Abzüge.

Leutnant Chung sagte: »Eine schwimmende Stadt.«

»Sie schwimmt also.« Das, was Varese sah, fand nicht seinen Beifall. »Also lassen wir uns Schwimmgürtel wachsen. – Dieses Unikum Abdul hängt sich also mit seinem Gewicht an den Propheten! Wer weiß, was aus der Kapsel geworden ist?«

Also so einer ist er! Inglis drehte und wendete diesen Gedanken hin und her. Es war ihm zuvor gar nicht aufgefallen. Seltsamerweise fand man in den Reihen der Angehörigen der Raummarine nur wenige religiöse Fanatiker, die mit dem Aussaatprojekt des CDB zu tun hatten.

Leute dieser Art beschränkten sich meist auf TV-Auftritte, wo sie gegen Verzögerungen im Aussaatprojekt wetterten und den Leuten mit der Forderung auf den Geist gingen, freiwillig höhere Steuern zu entrichten. Am liebsten hätten sie ihre Forderung auch noch gesetzlich verankert. Wagten sie es, in den Weltraum zu gehen, reisten sie nie weiter als ein paar Lichtjahre, um irgendwelche Mittel zusammenzukratzen.

Zugegebenermaßen übernahmen sie jedoch eine nützliche Funktion. Das CDB war sich der zusätzlichen Einnahmen, die auf diese Weise hereinkamen, durchaus bewußt.

Doch die Feststellung, einen Relifan – so häßlich das Wort auch war, es war dermaßen in den allgemeinen Sprachgebrauch übergegangen, daß man es nicht mehr ausradieren konnte – auf einem Raumschiff und in der Dienststellung eines Commanders zu entdecken, war nicht gerade erfreulich.

Luigi Varese war ein sehr guter Mann, das wußte Inglis, denn es war unübersehbar. Aber jetzt sah man sich neben der Problematik ihrer Expedition noch der persönlichen Sorge eines Relifans gegenüber, der sich fragte, ob der für diese Welt bestimmte Prophet auch ordentlich abgeliefert worden war.

Und das gefiel Inglis überhaupt nicht. Er kam sich plötzlich vor wie jemand, der auf einem Pulverfaß sitzt – bei brennender Lunte.

»Jemand wird hinuntergehen müssen", sagte Varese, dessen Verärgerung so offensichtlich war, daß Inglis jeden Moment eine Explosion befürchtete. »Irgend jemand muß überprüfen, ob der Prophet sicher angekommen ist und funktioniert.«

»Und was ist mit Abdul?« fragte Inglis sanft.

Varese schien das Gleichgewicht zu verlieren. Ganz offenbar hatte er Abd al-Malik ibn-Zobeir schon wieder völlig vergessen.

»Gewiß. Den Abwurfchef werden wir auch finden müssen.«

Leutnant Chung warf nüchtern – doch diensteifrig – ein: »Ich werde gehen.« Er dachte nach und fügte hinzu: »Sir.«

Inglis und Varese sprachen beide gleichzeitig. Sie hielten inne, und Inglis fragte sich mit einem Anflug von Ungeduld, warum er es überhaupt zugelassen hatte, daß sie sich jetzt dieser Situation gegenübersahen. Er war zu weich. Er hatte sich Gedanken darüber gemacht, ob er im Begriff war, zu verweichlichen. Varese war genau der Mann, an dem er sich reiben konnte; er mußte ihm zeigen, wer er war.

»Was wollten Sie gerade sagen, Commander?« fragte er.

»Ich wollte gerade meine Dienste anbieten", sagte Varese.

»Ach so.«

Inglis hatte sich fast dazu entschieden, selbst zu gehen. Er hatte den Plan gefaßt, weil er schließlich seine

Erfahrungen hatte. Aber wenn Chung und Varese beide gehen wollten – und wenn Varese zusätzlich noch ein Relifan war –, waren die Möglichkeiten denkbar gering. Natürlich war es nicht so, daß die Relifans die Propheten verehrten – aber so wie Inglis es sah, kam ihr Enthusiasmus in diesen Dingen der Götzenverehrung äußerst nahe. Er machte ein undurchdringliches Gesicht und erstickte den Seufzer ungeduldiger Resignation, der sich in seiner Kehle bildete.

Diese Situation würde entweder einen unvorstellbar harten Vorgesetzten aus ihm machen oder ihn völlig seines Rückgrats berauben.

»Na schön«, sagte er schließlich. »Sehen Sie sich als verantwortlichen Leiter der Landungsgruppe, Commander. Nehmen Sie mit, wen Sie wollen, meinetwegen auch Leutnant Chung. – Aber bringen Sie Abdul mit zurück, und zwar schnell, wenn er noch leben sollte.«

»Und der Prophet?«

»Guter Gott, Varese! Natürlich müssen Sie auch nach der Kapsel Ausschau halten! Aber die können Sie getrost sich selbst überlassen. Ich bezweifle jedoch, daß Abdul für sich selbst aufkommen kann.«

»Na schön, Colonel.«

Varese reagierte äußerst steif und formell auf Inglis' Worte. Zweifellos würde er einen Bericht abliefern, der nicht zu seinen Gunsten ausfiel. Na, wenn schon! Verflixt und zugenäht, allmählich hing ihm die Situation, die es ihm nicht einmal ermöglichte, Initiative zu zeigen, zum Halse heraus. Selbst jemand wie Laura konnte es sich erlauben, die Klappe aufzureißen. Varese war einfach zu freundlich, zu gelassen, zu gut. Na schön. Er würde in der Basis ein anderes Schiff auftreiben – und einen anderen Kommandanten.

Er nahm sich vor, mit diesem von Anfang an eine andere Sprache zu sprechen.

Der Walfänger – warum das Beiboot so genannt wurde, wußte offensichtlich niemand – verließ die Schleuse, bewegte sich in einem weiten Bogen und fiel schließlich auf seinem Antigrav dem Planeten entgegen.

Soweit es Colonel Roy Inglis anbetraf, war die Sache damit erledigt. Jetzt brauchte er nur noch abzuwarten.

Neben Leutnant Chung hatte Commander Varese ein Drittel der Schiffsbesatzung mitgenommen. Colonel Inglis war jetzt nicht nur der nominelle, sondern auch der wirkliche Kommandant der SWALLOW. Und er wußte, daß er Commander Varese nicht hätte gehen lassen sollen. Wenn etwas schiefging, das wußte er genau, konnte es ihn Kopf und Kragen kosten. Er hatte eine Fehlentscheidung getroffen. Wenn man ihn vor Gericht stellte, würde er es nicht in Abrede stellen können. Aber er hoffte, daß alles gut ausging.

Inglis streifte im Schiff umher und inspizierte es. Er fühlte sich an die Zeit auf der ZEUS und ihren Schwesterschiffen erinnert. Auch dort war er mehr als einmal diensthabender Offizier gewesen. Natürlich wies die SWALLOW nur ein Viertel des Formats der ZEUS auf. Je länger er sich umsah, um so mehr fiel ihm wieder ein, und nach vier Stunden hatte er das Gefühl, daß er in einem Notfall mit der SWALLOW schon fertigwerden konnte.

Aber er hatte kein Interesse daran, so etwas zu tun. Er war nicht auf irgendwelche Notfälle aus.

Sie gingen in eine langsame Umlaufbahn. Die Sorgen ließen ihn nicht los.

Unausweichlich beschäftigten sich seine Gedanken wieder mit Varese. Der Mann war – das würde jeder Beobachter von außerhalb bestätigen – ihm gegenüber von einer geradezu übergewissenhaften Freundlichkeit gewesen; er hatte sämtliche Anstandsformen gewahrt. Ob er es sich nur einbildete, daß der Mann sich an ihm rieb? Selbst sein Verdacht, daß Varese ein Relifan war . . . basierte er auf reiner Spinnerei? Konnte es möglich sein, daß seine Gefühle nichts anderes ausdrückten, als die Angst vor dem persönlichen Versagen?

Das Schiff beendete eine weitere Umkreisung. Inglis aß etwas und begab sich wieder auf die Brücke, wo er über den Kontrollen vor sich hinbrütete.

Leutnant Bergquist, der Funkoffizier, hatte die Wache für Leutnant Chung übernommen. Inglis stand direkt vor dem Scanner an der Backbordseite, ein gutes Stück entfernt von ihr. Er starrte in finsterer Stimmung auf die dort abgebildete Oberfläche des Planeten hinab, der langsam unter ihnen rotierte. Inzwischen hatten sie den voraussichtlichen Landepunkt von Vareses Trupp passiert, und das Gebiet lag im Dunkeln. Nur da und dort sah man kleine Lichtpünktchen, die den Eindruck hervorriefen, man befände sich über dem Zentrum einer Virenkultur.

Inglis befand sich in einer Stimmung, die ihn zu ängstlich, zu wütend und zu frustriert machte, um irgendwelche Meldungen zu verlangen.

Leutnant Bergquist sagte in einem liebenswürdigen Tonfall: »Es läuft alles nach Plan, Colonel.«

»Danke, Leutnant.«

»Ich hoffe, daß der Commander diesen armen Abwurfchef wirklich findet. Wenn man über einem unerforschten Planeten abgeworfen wird, ist es schon schlimm genug... Aber wenn man weiß, daß man den Rest seiner Tage dort verbringen muß . . .« Sie fröstelte. »Ich hoffe, er hat keine... Dummheiten gemacht.«

Inglis riß sich heftig zusammen, um nicht allzu explosiv auf die Worte des Mädchens zu reagieren. Leutnant Bergquist war hübsch. Sie war schlank und rank und hatte einen dunklen, ordentlich gekämmten Haarschopf. Ihre Figur entlockte der Besatzung trotz der Uniform und ihres Dienstgrades gelegentlich einen leisen Pfiff, und ihr weicher, einladender Mund ließ sogar in verheirateten Colonels der Marine Gedanken entstehen, die eigentlich völlig fehl am Platze waren.

»Der Commander wird's schon richten«, sagte Inglis. Er wandte sich vom Backbord-Scanner ab, beugte sich über den Kartentisch und warf einen beiläufigen Blick auf die schlangenähnliche Linie, die ihren bisherigen Kurs durch die Galaxis dokumentierte. Hölle und Teufel – sie waren tatsächlich sehr weit draußen!

»Ich hoffe, er meldet sich bald.« Leutnant Bergquist klang, als würde sie irgend etwas in sich unterdrücken. Inglis schaute sie an. Dann sah er wieder weg. Wenn Laura doch bloß ...

»Seien Sie unbesorgt, Leutnant«, sagte er. »Sie werden schon zurechtkommen.«

Das rote Licht, das den Kontaktalarm auslöste, summte und blitzte.

Sofort verfiel die Brückenbesatzung in jene geschäftige Hast, die ihre ausgebildeten Reflexe auslösten. Bergquist rief Inglis quer durch den Raum zu: »Noch keinerlei Kontaktidentifikation, Sir!«

»Keine Identifikation?« Inglis eilte an die Seite des Mädchens und starrte auf den Bildschirm. Aus dem tiefen Raum kam etwas auf sie zu, das wie ein kleiner Punkt aussah. Er schien den Planeten anzusteuern. Und es war ein fremdes Schiff.

Ein Schiff der Fremden!

»Alle Systeme stop!« befahl Inglis. »Freier Fall um den Planeten! – Seine Masse wird uns vor ihren Detektoren verbergen. Vielleicht sehen sie uns nicht. Alle Mann auf die Stationen.«

Auf diesen Befehl hin erwachte auch der Rest des Schiffes zum Leben. Die an Bord verbliebenen Offiziere und Mannschaften begaben sich auf alle wichtigen Stationen. Bald waren sämtliche Waffensysteme, Bildschirme und Detektoren bemannt. Man wartete ab.

Inglis hatte nach den Fremden gesucht. Er hatte sich in die Untiefen der Galaxis hinausgewagt. Er hatte sich umgesehen und herumgeschnüffelt wie ein Jagdhund, der seiner Beute auf der Spur war – in der Hoffnung, irgendwo auf eine Fährte zu stoßen, die es ihm ermöglichte, etwas über die Fremden und ihr Heimatsystem herauszufinden.

Und jetzt war er auf sie gestoßen. Beziehungsweise, um es genau zu nehmen: Sie waren auf ihn gestoßen.

Er stand im Kontrollraum eines unterbesetzten Kreuzers und dachte nach. Vielleicht wäre es wirklich am besten gewesen, wenn sich Vareses Theorie bewahrheitet hätte: daß er, die SWALLOW und die gesamte Mannschaft nichts anderes waren als ein Köder, den man vorausgeschickt hatte; ein Lockspitzel, der sich ziellos von hier nach dort bewegte, während hinter ihm eine Flotte des Sternenreiches lauerte, bereit aufzutauchen, wenn es Schwierigkeiten gab.

Denn Schwierigkeiten, das war ziemlich offensichtlich, würde es nun geben.

Das fremde Schiff änderte seinen Kurs, schwang mit ungeheuerlicher Geschwindigkeit hoch und heran. Die Ortungsmannschaft bekam eine klare Sicht und warf das Bild auf die Schirme. Inglis starrte finster auf das, was der Schirm ihm zeigte.

»Groß«, hörte er Bergquist sagen. »Es ist groß.«

Es war so groß wie ein Schlachtschiff. Wahrscheinlich war es auch ein Schlachtschiff. Aber es war weder auf der Erde noch auf sonst einer Welt gebaut worden, die den Menschen bekannt war. Auch nicht auf einer jener Raumschiffswerften, die sich im All befanden.

»Das Feuer wird erst dann eröffnet«, sagte Inglis, »wenn ich den Befehl dazu gebe.« Dabei war es völlig sinnlos, dergleichen überhaupt zu tun. Wenn das Riesending auch nur eine Chance erhielt, das Feuer zu eröffnen, war es mit der SWALLOW unweigerlich aus.

Doch da die Menschen nun einmal so waren, würden sie auch dann noch kämpfen, wenn sie wußten, daß die Lage aussichtslos war.

Auch jetzt noch hoffte Inglis, daß der gewaltige Fremde sie nicht treffen würde. Eine solche Chance durfte man nie außer acht lassen. Im Schatten des Planeten, von seiner Masse abgeschirmt, beinahe verschmolzen mit dem Himmelskörper . . . Doch er richtete sich wieder auf und sah ein, daß auch diese Chance nahezu Null war.

Das fremde Schiff konnte sowohl in Sachen Geschwindigkeit als auch in Sachen Reichweite mithalten. Es kam aus dem interstellaren Raum und eröffnete – dies war für Inglis offensichtlich – in dem Augenblick das Feuer, als es die SWALLOW ausmachte. Auf den Meßskalen war deutlich zu sehen, daß irgendwo dort draußen tastende Strahlen unterwegs waren, die nach ihnen suchten. Und in der nächsten Mikrosekunde eröffneten die Fremden das Feuer.

Man hielt nicht einmal inne, um herauszufinden, auf wen man schoß – oder um in Verhandlungen einzutreten.

Inglis brüllte: »Feuer!«

Sämtliche Waffen des Leichten Kreuzers flammten auf. Doch sie feuerten nur einmal.

Danach wurden sie aus dem Raum gefegt, zusammengeschossen, zerschmettert, zerquetscht, beiseite geworfen. Inglis hatte kaum den Mund geschlossen, um seinen letzten, nutzlosen Befehl zu beenden, als der Kreuzer auch schon starb.

Und was Inglis persönlich anbetraf – er verspürte kein anderes Gefühl mehr als das eines entsetzlichen und Übelkeit erzeugenden Sturzes in die Unendlichkeit.

6. Kapitel

Laura Inglis hatte keine andere Wahl, als in ihrem Taxi zu warten, das wie angewachsen auf seinem Antigrav ruhte, als die Bürgschaften sammelnde Prozession sich an ihr vorbeibewegte.

Sie sah fast fortwährend auf ihre Armbanduhr. Nach wochenlangem Bitten, dem Auzsnutzen von Beziehungen und einer gehörigen Portion weiblicher Beharrlichkeit hatte Admiral Rattigan ihr endlich ein Gespräch zugestanden. Und jetzt würde sie auch noch zu spät kommen, weil eine Horde religiöser Fanatiker hier aufmarschierte und ihr übliches Blah-Blah mit Fanfaren abzog. Scharlatane! Während sie in dem Taxi festsaß, blieb ihr nichts anderes übrig, als wütend vor sich hinzukochen. Harte Worte hätten ihr so oder so nicht geholfen.

Vom Fenster aus konnte sie die Prozession ziemlich deutlich sehen. Selbst in einer Loge hätte sie keinen besseren Überblick gehabt. Überall an den Fenstern der hohen Bürohäuser sah man die Gesichter neugieriger Zuschauer. Sie standen an den Geländern der Bürgersteige, füllten Gleiter und Magnetwagen, reckten den Hals, um etwas zu sehen.

Laura hatte keine Ahnung, wie lang die Prozession war und durch wie viele Ebenen der Stadt sie noch zu ziehen beabsichtigte. Es war ihr auch völlig egal; sie wollte nichts anderes, als daß sie endlich endete. Jeder einzelne ihrer Versuche, dergestalt auf den Robot-Steuermechanismus des Taxis einzuwirken, eine weniger gestörte Fahrtroute zu suchen, war von der Städtischen Verkehrskontrolle hintertrieben worden. Man hatte kein Interesse an den Staus, die sich unweigerlich bilden würden, wenn jeder Verkehrsteilnehmer sich einen eigenen Fahrtweg suchte.

Direkt vor ihr tanzte eine von einem Antigrav getragene übergroße Kapsel-Nachbildung. Die Sonne warf ihre Strahlen auf die pseudo-metallene Oberfläche und ließ sie hell glänzen.

Laura schüttelte sich. Hinter der Kapsel – dem Herzen der Prozession – folgte ein Prophet der Erde. Er war von Tausenden von Sängern und Musikanten umgeben, die Spruchbänder und Sammelbüchsen schwenkten.

Auch er war überdimensional groß und bestand aus einer schwebenden Kunststoffmasse. Trotz der Schönheit seines Gesichts überschaute er die Menge mit blinden Augen. Seine rechte Hand war erhoben, als würde er den Massen einen Segen erteilen. Seine fließend weiße Robe, die je nach Art der Beleuchtung auch ockergelb wirkte – die Erde wandte jetzt die weisen Methoden ihrer Ahnen an –, fiel in geschickte Falten, und magnetische Felder sorgten dafür, daß der Wind sie nicht zu sehr zum Wehen brachte.

Trotz ihrer Ungehaltenheit blieb Laura nichts anderes übrig, als sich beeindruckt zu fühlen.

Als die Prozession endlich vorbei war und ihr Taxi die unterbrochene Fahrt wieder aufnehmen konnte, befand sie sich in einer gemäßigteren Stimmung. Doch sie war noch immer die gleiche ungeduldige, intolerante, diamantenharte Laura; auch wenn sie sich jetzt einem Standpunkt näher fühlte, der ihr bislang atavistisch, kindisch und pietätlos erschienen war.

Dies war die erste Relifan-Prozession gewesen, die sie seit Jahren gesehen hatte.

Laura wurde in ein kleines, dezentes und einfach möbliertes Büro gebeten. Hier spürte man nichts von der großen Macht, der reibungslos funktionierenden Maschinerie und der Arbeitsatmosphäre jener Räumlichkeit, in der ihr Gatte von Admiral Rattigan empfangen worden war.

»Mrs. Inglis«, sagte Rattigan freundlich, als er ihr die Hand schüttelte, »bitte nehmen Sie doch Platz.«

»Ich glaube, ich muß mich bei Ihnen bedanken, daß Sie mich empfangen haben, Herr Admiral«, sagte Laura. »Auch wenn es eine äußerst schmerzliche Erfahrung für mich war...«

»Verzeihen Sie«, sagte Admiral Rattigan, »aber ich bin ein äußerst vielbeschäftigter Mann, und meine Leute glauben manchmal, sie wüßten besser als ich, was gut für mich ist. Sie wollen etwas über Roy erfahren?«

Laura war überrascht.

»Ja, genau das. Ich bin hier, um etwas über meinen Gatten, Colonel Roy Inglis, in Erfahrung zu bringen.«

Rattigan behielt sein Lächeln bei.

»Ich habe ihn auf eine Sondermission geschickt. Ich erwarte eigentlich nicht, recht bald von ihm zu hören...«

»Und Sie machen sich keine Gedanken?« fragte Laura. »Ist es eine gefährliche Mission?«

Rattigan kam allmählich zu dem Schluß, daß es keinen Zweck hatte, diese Frau mit Samthandschuhen anzufassen. Sie war widerstandsfähig – und er hatte es satt, ständig andere Leute decken zu müssen. Also sagte er: »Seine Mission könnte sich einerseits als simpler Rundflug herausstellen, Mrs. Inglis – sie könnte sich andererseits aber auch als das gefährlichste Unternehmen entpuppen, auf das sich bisher ein Erdbewohner eingelassen hat.«

»Sie *könnte?«* fragte Laura. »Heißt das, Sie wissen es nicht genau?«

Rattigan schüttelte den Kopf.

»Wir haben bisher noch nichts von Roy gehört. Gar nichts.« Er räusperte sich, obwohl es gar nicht nötig gewesen wäre. »Verzeihung, Mrs. Inglis, aber haben Sie je für das CDB gearbeitet?«

»Laura war total perplex. »Ja . . . Ich hätte mir denken können, daß Sie das nachprüfen würden . . .«

»Warum? Dazu bestand kein Anlaß.«

»Falls Sie darauf bestehen, daß ich Ihnen erzähle . . .«

»Ich bestehe auf nichts. Ich habe lediglich das Gefühl, daß in Ihnen etwas kocht, das sich zu unserem Nachteil auswirken könnte.«

»Das liegt durchaus im Bereich des Möglichen.« Laura sprach jetzt frei und offen. »Ich war auf einem CDB-Schiff. Meine Clique fand es schick, dergleichen einmal mitzumachen. Wir hatten keine Ahnung, wie lange es dauern würde; so etwas weiß ja natürlich niemand. Man kriegt den Befehl, fünftausend Propheten auszusetzen, und damit hat es sich. Man reist von einem System zum anderen und wirft sie ab. Und dann, wenn die Laderäume leer sind, wird einem gnädig gestattet, wieder nach Hause zurückzukehren.« Sie schloß die Augen; sie wiesen einen violetten Schatten auf und ließen ihr Gesicht alt erscheinen.

»Nun . . . Ich konnte es nicht aushalten. Und ich hatte Glück. Ein Patrouillenkreuzer, der sich routinemäßig bei uns meldete, nahm mich nach sechs Monaten mit zur Erde zurück.«

»Da haben Sie wirklich Glück gehabt, Mrs. Inglis. Sehr großes Glück.«

»Das weiß ich. Ich weiß es sogar sehr gut.« Laura machte eine Pause. Dann fuhr sie fort: »Aber diese Heuchler, mit denen ich an Bord zu tun hatte! Sie reden sich ein, es sei unsere Bestimmung, das Wort des Menschen zwischen den Sternen zu verbreiten! Sie setzen manipulierte ›Erlöser‹ ein und spielen mit Kräften und Mächten, von denen sie nicht das geringste wissen! Es war nicht nur die Vorstellung, einen Teil meines Lebens in einer luftgefüllten Metallhülle verbringen zu müssen, und so weit von zu Hause entfernt zu sein, daß das Wort Entfernung bedeutungslos wurde . . .«

»Deswegen haben Sie uns als blasphemisch eingestuft?« fragte Rattigan.

»Ja!« sagte Laura fest und bestimmt.

Gus Rattigan seufzte nicht einmal. Er war dieser Art des Denkens während seiner beruflichen Laufbahn schon so oft begegnet, daß er nur noch mit Bedauern an die vielen Stunden denken konnte, die er damit zugebracht hatte, den Zweiflern auch die andere Seite der Medaille vor Augen zu führen.

Diese smarte, gebildete und gutaussehende Frau, die nun vor ihm saß, hätte er freilich als allerletzte in den Reihen jener anzutreffen gehofft, die echte religiöse Überzeugungen hatten. Die Freidenker, die Agnostiker – natürlich konnte kein Mensch, der Herr seiner Sinne war, Atheist sein –, die Humanisten, die Vertreter der Sache des Menschen: sie alle spielten in der modernen Zivilisation eine immer größere Rolle, während jene, die die universelle Religion heuchelten, ohne religiöse Fanatiker zu sein, und jene, die ehrlich glaubten, von Jahr zu Jahr weniger wurden und an Einfluß verloren.

Rattigan sagte gelassen: »Ich respektiere Ihre Ansichten, Mrs. Inglis. Aber was die Sache der Kapselabwürfe anbetrifft, meine ich, sollten die Instinkte jedes Menschen der Erde, ob Mann oder Frau, die gleichen sein. Die Erde ist ein kleiner Planet, und Sol keine Riesensonne. Wir haben uns in die tiefsten Tiefen der Galaxis hinausgewagt, mit Schiffen und Männern . . .«

»Sie brauchen mir nicht zu erzählen, daß wir Forscher sind«, sagte Laura. »Das weiß ich auch so.«

». . . doch wie kann ein einzelner Planet, ein einzelnes Sonnensystem, eine kleine Gruppierung von Sonnensystemen die Hoffnung hegen, je die unzähligen Planeten, die dort draußen existieren, zu erforschen und vielleicht auch noch zu kolonisieren?«

Laura machte eine ungeduldige Geste. »Ich stehe ja nicht auf Kriegsfuß mit den Grundvorstellungen oder

Annahmen des CDB«, sagte sie brüsk. Das Thema schien ihr nicht zu behagen. »Ich bin nur der Meinung, daß die Methoden, derer man sich bedient, hysterisch, heuchlerisch und blasphemisch sind.«

»Und damit, meine Liebe, haben Sie sehr wahrscheinlich sogar recht. Hysterisch ... Es hat heute eine Demonstration der Relifans gegeben ...«

»Ich habe sie gesehen.«

»... die meine Vorstellung, der Mensch sei ein rationales Wesen, herabmindert, auch wenn die Psychologen nicht müde werden, uns zu erzählen, wir bräuchten Hilfstruppen. Was das Heuchlerische angeht, so bin ich mir da nicht ganz sicher. Wenn Sie damit meinen, daß diejenigen, die sich innerhalb des CDB engagieren, nicht an das glauben, was sie tun, würde ich meinen, daß sich doch wohl niemand bis zu zehn Jahre lang im Weltraum herumtreibt, um eine Tätigkeit zu verrichten, an die er nicht glaubt. Wenn unsere Leute von einem CDB-Einsatz zurückkehren, sind sie stets zu reiferen Persönlichkeiten herangewachsen. Sie wirken sicherer und gefestigter, und kommen besser zurecht. Sie werden dort draußen erwachsen.«

Laura ignorierte seine Worte. Es hatte ihr jahrelang zu schaffen gemacht, daß sie es persönlich nicht hatte durchstehen können. Ihre Erinnerungern an diese Zeit hatte sie zu den Akten gelegt, zusammen mit anderen Dingen, an die sie nicht mehr denken wollte.

»Und die Blasphemie?«

»Glauben Sie an Gott, Mrs. Inglis?« fragte Rattigan.

»Natürlich. – Und Sie?«

Rattigan lächelte. Er war auf diese Gegenfrage vorbereitet gewesen. »Ja, Mrs. Inglis, ich auch. – Und deswegen meine ich auch, daß wir nicht pietätlos sind, wenn wir irgendwo einen Androiden aussetzen und ihn als Propheten der Erde bezeichnen. Diese Bezeichnung ist nur ein Etikett, um der Sache einen Namen zu geben; es ist ein Etikett, das paßt. – Natürlich hätten wir die Propheten ebenso ›mechanische Androiden in idealisierter menschlicher Gestalt‹ nennen können, ›die für ein überlanges Leben gerüstet und zum Predigen programmiert sind, wobei sie über einen Märtyrerkomplex verfügen, den sie im Bedarfsfall einsetzen können‹. Dazu käme dann noch eine Unzahl von Buchstaben und Ziffern, die ihre Funktionsweise und Arbeitsmöglichkeiten beschreiben. Man hätte sie ›Mark IV Star‹ oder dergleichen nennen können. Doch man hat sie ›Propheten der Menschheit‹ oder ›Propheten der Erde‹ genannt, und diese Bezeichnung hat sich nun einmal durchgesetzt. Sie hat nichts Blasphemisches an sich. Sie zeichnet sich eher durch Bescheidenheit aus.«

»Das mag schon sein. Aber wir streiten uns hier doch nicht über einen Namen.«

»Für einen Menschen, der überhaupt keinen Glauben hat«, sagte Admiral Rattigan, »ist die Galaxis nichts weiter als eine Ansammlung von Partikeln und Strahlen, die aus dem Nichts kommen und im Nichts wieder verschwinden. Eine kalte Philosophie. Und, wie ich finde, eine wirklich hoffnungslose. Aber selbst diese Leute nennen die CDB-Androiden Propheten der Erde. Doch welchen Eindruck muß diese Vorstellung erst auf jene machen, die wirklich gläubig sind, die die Einstellung haben, es sei eine wunderbare Sache, das Wort des Menschen zu verbreiten?«

Rattigan wußte, daß er irgendwann im Verlaufe dieses Gesprächs von der Spur abgekommen war. Er warf einen Blick auf seine Armbanduhr. »Doch mir fällt gerade ein, daß Sie gekommen sind, um etwas über Ihren Gatten zu erfahren, Mrs. Inglis.«

»Ja. – Diskussionen dieser Art scheinen neuerdings sehr schnell in Gang zu kommen. Es ist wie bei Steuererhöhungen; sofort hat man Gesprächsstoff.« Sie legte die Hände in den Schoß. »Was können Sie mir sagen?«

»Er befindet sich auf einer Mission«, sagte Rattigan, »über die ich Ihnen leider keine Einzelheiten mitteilen kann. Sobald wir jedoch von ihm hören . . .«

»Ersparen Sie mir das, Herr Admiral«, sagte Laura. Sie dachte kurz nach, und ihr fiel ein, daß sie noch eine schwerere Waffe ins Gefecht führen konnte. »Sie haben eben angedeutet, daß Ihre Mitarbeiter den Leuten, die Sie sprechen wollen, Steine in den Weg legen? Wissen Sie, *mir* ist es gelungen, ganz oben auf Ihre Besucherliste zu gelangen. Sie haben erwähnt, man hätte mich nicht durchleuchtet. Hätten Sie es getan, wären Sie darauf gestoßen, daß mein Mädchenname Chalmers-Wong-Berkeley ist.«

In Rattigans Ohren brachte diese Aussage etwas zum Klingen.

»Chalmers-Wong-Berkeley!" rief er aus. Sein Kopf fuhr hoch. „Laura! Laura Chalmers-Wong-Berkeley! – Da soll mich doch der Teufel holen! Wissen Sie, daß ich Sie schon gewickelt habe?«

Laura errötete nicht; sie war einfach zu distinguiert, um durch ein derart gewöhnliches Verhalten ihre Gefühle zu verraten. Während der Ausweichmanöver, die Rattigan zelebriert hatte, war sie der Überzeugung immer nähergekommen, daß es ihren Gefühlen keinen Abbruch tat, wenn sie der Sache voll ins Auge sah. Sie hatte das absolut sichere Empfinden, daß ihr Mann nicht mehr unter den Lebenden weilte.

Und jetzt redete dieser alte Zittergreis über Windeln. Sie sagte eisig: „Leider kann ich mich nicht mehr an diese gewiß erfrischende Begegnung erinnern, Herr Admiral. Natürlich hatte ich nicht die geringste Ahnung, daß Sie meinen Vater kannten. Aber Sie verstehen sicher, daß meine Familie . . .«

»Ich habe Jack Chalmers-Wong-Berkeley mindestens seit fünf, sechs Jahren nicht mehr gesehen. Er hat meinen Orbit schon lange nicht mehr gekreuzt. Und was machen Ihre Brüder? Chuck, Hsi und Pierre? Sind sie ...«

»Chuck ist Colonel bei der Raummarine, Hsi ebenfalls, und Pierre bildet keine Ausnahme. Und dann ist da noch Andy; aber er ist erst Captain, und deswegen ...«

»Ich verstehe Sie ja, Laura. Tja, nun ...«

Obwohl sie ihn ganz offensichtlich überrumpelt hatte, reagierte er dennoch freundlich. Freundschaften, die man im Weltraum schloß, währten nun einmal ewig. Außerdem hätte er niemals erwartet, daß die Tochter seines alten Freundes Jack Chalmers-Wong-Berkeley sich als dermaßen ... ja, was? ... als dermaßen hartnäckig erweisen würde.

»Sie verstehen sicher, Herr Admiral, daß ich unbedingt erfahren muß, was mit meinem Mann geschehen ist. Wenn Sie sich weiterhin weigern, mir etwas zu sagen, werde ich die Angelegenheit anderswo zur Sprache bringen müssen.«

Rattigan beugte sich auf seinem Stuhl vor und faltete die Hände.

»Mrs. Inglis ... Laura«, sagte er und versuchte mit seinem Blick bis in ihr tiefstes Inneres vorzudringen. »Soviel kann ich Ihnen sagen: Roy befindet sich auf einer äußerst gefährlichen Mission im interstellaren Raum.«

Jetzt war Rattigan wieder ganz der grimmige, grauhaarige, Breitseiten abfeuernde Marine-Admiral. »Sagen Sie ... halten Sie es lange im Weltraum aus? Sie haben doch auf einem Aussaatschiff des CDB gearbeitet. Könnten sie eine lange Raumreise aushalten?«

Laura schreckte nicht zurück – dergleichen wäre für sie ein zu gewöhnliches Verhalten gewesen; dennoch war ihr bei dem, was sie sagte, nicht ganz geheuer. „Ich habe nicht die Absicht, durch die ganze Galaxis hinter Roy herzujagen. Ich will einfach nur wissen, was mit ihm passiert ist.«

»Hat Roy deswegen einen Schreibtischjob angenommen?« fragte Rattigan.

»Und wenn es so wäre?« entgegnete Laura. »Ich sehe keinen Grund, mich deswegen zu schämen. – Roys Dienstgrad war einfach zu hoch, als daß er wie ein junger Bursche noch weiter im Weltraum hätte Abenteuer suchen können. Es war an der Zeit, daß er sich endlich aus dem aktiven Dienst zurückzog.«

Rattigan, dem Inglis' kühler Kommentar wieder einfiel – daß es keine Probleme mit seiner Frau geben würde, wenn er eine interstellare Reise unternahm –, fragte sich, wann ihre Beziehung einen Knacks bekommen hatte. Ehen gingen schnell zu Bruch, wenn einer der beiden Partner vom Weltraum-Hunger gepackt wurde. Keine Frage, daß es dann automatisch zu Problemen mit dem anderen kam.

»Ich werde Ihnen alles erzählen, was ich erzählen darf«, sagte Rattigan schließlich zögernd. »Doch selbst wenn Sie es schaffen würden, Ihre Abneigung gegen den Weltraum zu überwinden, ich glaube nicht, daß es großen Sinn hätte, anderswo nach ihm zu fragen. Sehen Sie . . . wir hätten schon vor sehr langer Zeit Meldungen seines Schiffes bekommen müssen – aber wir haben nichts, gar nichts empfangen. Von dort, wo er sich aufhält, empfangen wir nichts als absolute Stille.«

»Soll das heißen . . . daß er verschollen ist?« fragte Laura. »Daß er nie wieder zurückkehrt? Ist er tot?«

Rattigan senkte den Kopf.

»Ja, Laura. Ich glaube, er ist tot.«

Laura stand auf. Ihre schicke Schlankheit wirkte in diesem Büro völlig fehl am Platze.

»Ich hatte es erwartet«, sagte sie. »Natürlich bin ich zutiefst entsetzt. Und sehr ungehalten. Allerdings sehe ich jetzt keinen Anlaß mehr, meine Familie mit einer Scheidung zu belasten. In unserem Clan heißt man derlei Dinge nicht gut.«

Rattigan legte den Kopf in den Nacken und schaute sie an. Er dachte in diesem Moment an Roy Inglis, an die Linien seines Gesichts, an die Art und Weise, wie er den Auftrag angenommen hatte, an sein Verständnis dessen, was notwendig war und was nicht.

»Ja«, sagte er dann. »Es gibt so viele Dinge, die die Leute nicht gutheißen. Es ist ein wahres Glück, daß man ihnen aus dem Weg gehen kann.«

7. Kapitel

Leutnant Bergquist hob den dreizackigen Fischspeer aus Beryldural aus dem Wasser. Der dicke, mit silbernen Schuppen versehene Fisch, den sie aufgespießt hatte, zappelte hin und her, landete schließlich auf dem Boden und bewegte hektisch die Flossen.

Inglis, der sich gegen den Kartentisch lehnte, nahm die Feueraxt und köpfte den Fisch mit einem kräftigen Schlag. Hannah, die muskulöse Küchenoffizierin, nahm ihn an sich, entschuppte ihn, entfernte die Innereien und warf sie auf den Köderhaufen.

Inglis blickte Leutnant Bergquist von der Seite an. Sie gab seinen Blick kurz zurück. Ihr dunkles Haar war kurzgeschoren, ihr Gesicht gebräunt, und das Weiß ihres Busens hob sich überraschend von der Bläue des Wasser ab. Dann sah er nur noch helle Haut und ein Paar schlanke Beine. Sie war wieder untergetaucht.

»Einen noch, dann haben wir genug fürs Abendessen, Roy«, sagte Hannah, die ihr Messer mit äußerster Präzision einsetzte. »Ich möchte Gerda nicht überbeanspruchen.«

»Gerda überbeanspruchen?« sagte Sammy, der Detektorschirm-Techniker, und sah von dem kleinen Feuer auf, das in einem Herd brannte, der einst die obere Hemisphäre eines Globus gewesen war. »Sie ist doch selbst ein Fisch – oder eine Meerjungfrau.«

Sie waren zehn, und sie schwammen auf einem Ding, das einst die Kontrollsektion eines Solaren Leichten Kreuzers namens Swallow gewesen war. Vier Männer, fünf Mädchen – und eine Frau, die in einem zeltähnlichen, aus Stoffetzen und Kleidungsstücken hergerichteten Unterstand im Sterben lag.

Leutnant Carmellis – oder Belitas, denn auf Inglis' Anweisung duzte man sich neuerdings – Brustkorb war eingequetscht worden, als die Kontrollsektion, vom

Hauptteil der SWALLOW abgerissen, mit ungeheurer Geschwindigkeit herniedergeschossen und aufs Wasser geprallt war. Von Belita Carmelli abgesehen, waren sie alle mehr oder weniger glimpflich davongekommen – mit Prellungen und Kratzern. Lediglich der junge und redselige Anton hatte sich den Arm gebrochen. Wohin der Rest der SWALLOW verschwunden war, nachdem der Gegner seinen Volltreffer hatte landen können, wußte niemand.

Sie wußten nur, daß Roy Inglis sie unter ihrem aus Kleidungsstücken und sonstigen Fetzen zusammengeflickten Hauptsegel (sie hatten alles mögliche verwendet, um dies und einen winzigen Klüver zusammenzukriegen) antrieb, um nach Osten zu gelangen – an einen Punkt, den man von der SWALLOW aus ausgemacht und fotografiert hatte.

Die Kontrollsektion schwamm ganz gut. Man hatte das rückwärtige Schott mit Hilfe von Explosivbolzen gelöst. Jetzt diente es als eine Art stromlinienförmiges Heck, über das man einen Riemen gehängt hatte, der als Steuerruder diente. Der Riemen war aus einer Rohrleitung und diversen losen Platten entstanden. Aber er steuerte sie, und das war eine Gnade, für die Inglis tiefste Dankbarkeit empfand.

Das vordere Bullauge, das unterhalb der Wasserlinie lag, bereitete ihm jedoch Sorgen. Die Dichtung hatte wohl einen Schlag abbekommen, denn jetzt leckte es leicht. Das sich auf dem Boden der Kontrollsektion ansammelnde Wasser – jetzt die Bilge – mußte in regelmäßigen Abständen ausgeschöpft werden.

Zum Glück war das Wetter mild; die Sonne meinte es gut mit ihnen, und die leichte Brise tat ihnen gut. Sie kondensierten das Wasser im Schneckentempo mit Hilfe von Brenngläsern, die die Techniker den optischen Instrumenten entnommen hatten. Auf ihrem Küchenzettel stand ausschließlich Fisch. Das Feuer hielt man durch die Verbrennung von Fischabfällen, getrockneten menschlichen Exkrementen, ein paar hölzernen Spänen und Kunststoffabfällen am Leben. Die Techniker arbeiteten gerade an der Entwicklung einer Kochplatte, die mit Hilfe von Brenngläsern funktionieren sollte; bisher hatte man die Nahrung auf einem Teller gedünstet und den Rest roh gelassen.

»Roher Fisch«, hatte Inglis gewitzelt, »hält einen fit. Der Phosphor dringt einem direkt ins Gehirn. Wenn wir wieder auf der Erde sind, wird jeder von uns ein Genie Erster Klasse mit Brillanten sein.«

Linda, die es für ziemlich spaßig gehalten hatte, für das Segel ihren Rock und ihren Slip zu spenden – im übrigen wies sie eine Figur auf, die sie automatisch zur ersten machte, die man bitten würde, auch den Rest ihrer Kleidung herzugeben, sollte es nötig werden –, war der Expedition inzwischen recht müde geworden. Sie hatte gemeint, es habe doch im Grunde gar keinen Sinn, in der Hoffnung hier herumzusegeln, Commander Varese und sein Beiboot zu finden. Ebenso könne man gleich aufgeben.

Inglis war ihr gegenüber zwar freundlich, aber auch offiziell gewesen: Sie war Kommunikationstechnikerin und stand unter Gerdas Befehl, und er wollte sie alle in guter Verfassung sehen, wenn sie auf Varese stießen. Er wagte nicht daran zu denken, was passieren würde, wenn sie ihn nicht fanden.

Der Gedanke, den Rest seines Lebens als Gestrandeter auf diesem Planeten verbringen zu müssen, schreckte ihn ab. Von der ISABELLA wußte er, daß diese Welt ein Wirrwarr miteinander verbundener Meere und Seen war. Es gab hier breite Ströme und dichtbewaldete Gebirgszonen, und diese lagen auf der nördlichen Halbkugel, also in jener Zone, in der sie sich nun aufhielten. Der Rest war eisbedeckt bis zum Nordpol, und in der Äquatorzone breitete sich eine Wüstenlandschaft aus, die im Süden wieder dem Eis wich. In der Gegend, in der sie sich jetzt aufhielten, mußte im Grunde alles zu finden sein, was sie zum Überleben brauchten. Der Planet war etwa erdgroß und wies auch die gleiche Masse auf; seine Atmosphäre schmeckte herrlich.

Das einzige, das Inglis im Moment beschäftigte, war die Frage, ob sie Varese wiederfinden würden – und natürlich sein Beiboot, das man scherzhaft den Walfänger nannte. Wenn in dieser Hinsicht alles gut ablief, konnten sie sich um die SWALLOW später noch kümmern.

Gerda tauchte mit einem neuen Fisch auf. Als sie ihrer Beute ins Boot folgte (Inglis ging davon aus, daß es besser sei, den schwimmenden, mit einem Segel bestückten Untersatz von nun an als solches zu bezeichnen), musterte er sie mit unverhülltem Interesse und freute sich, daß es ihr nicht unangenehm war. Gerda Bergquist war in der Tat ein erfreulicher Anblick. Sie mühte sich gar nicht erst damit ab, sich abzutrocknen; sie legte die drei Stoffetzen an, die ihre Kleidung ausmachten und überließ diese Arbeit einfach der Sonne.

Inglis stand auf, griff nach dem gezackten Rand dessen, was über ihm noch von der Schiffshülle übriggeblieben war – sie war natürlich während ihres Absturzes aufgerissen worden – und starrte auf die Grenzlinie des Horizonts. Jetzt, wo sie seit einer Woche unterwegs waren, lief an Bord alles wie geschmiert. Eine Woche lang (Erdzeit), das zeigte ihm seine Armbanduhr, hatten sie überlebt. Der Planet kreiste in einundzwanzigeinhalb Stunden einmal um seine Achse. Dies war für sie ein Tag, und sie hatten sich schon daran gewöhnt. Aber Inglis dachte in Begriffen, die mit Rettung und astronomischen Maßeinheiten zu tun hatten, deswegen rechnete er alles in die irdische Zeit um, wenn es galt, ihr Vorankommen festzustellen.

Der Horizont war so kahl wie . . . nun, zumindest war er leer. Öde. Nirgendwo war Land zu sehen. Inglis grunzte leise. Obwohl er an sich gar nichts erwartet hatte, fühlte er sich doch leicht enttäuscht und kletterte in das Behältnis des Bootes zurück. Gerda stritt sich gerade mit Sammy.

»Es ist wirklich völlig ungefährlich, wenn ich da draußen herumschwimme, Sammy«, sagte sie, »und außerdem . . .«

»Das heißt aber nicht, daß es auch immer so bleiben muß«, gab Sammy zurück. »Wir lassen einen Köder runter, locken die Fische an und spießen sie auf. Ich habe Angst, daß wir irgendwann etwas anlocken, das die Ausmaße eines Hais hat.«

»Okay, Sammy«, mischte Inglis sich ein und zwang sich zu einem Lächeln, »das nächstemal, wenn jemand fischen geht, kannst du dich ja mit einer Flinte auf den Hauptmast postieren. Was hältst du denn davon?«

»Sicher, Roy. Mach ich doch gerne. Ich würde Gerda und Linda auch in Zukunft noch . . . äh . . . an einem Stück sehen. So . . . äh . . . gefallen sie mir besser.«

Sammy war ein gutgebauter Mann mit dichtem Haar und einer Nase, die irgendwann in seiner hektischen Vergangenheit bei einer Auseinandersetzung mit einer Ziegelsteinmauer den kürzeren gezogen hatte. Inglis lachte, obwohl er keinerlei Schadenfreude empfand. Dann wandte er sich Gerda zu.

»Willst du nicht noch ein bißchen am Funkgeräte herumprobieren, Gerda?«

Sie bemühte sich, das Gespräch auf der gleichen leichten Ebene zu halten, die Inglis angeschlagen hatte.

»Ja, Roy. Ich versuch's gleich noch mal.« Aber die leichte Verzagtheit ihrer Stimme machte ihm die Kehle eng.

Hier waren sie nun, gestrandet auf einem fremden Planeten, und lebten von dem, was von den Notrationen noch übrig war. Bald würden sie völlig auf Fisch umsteigen müssen. Sie fühlten sich zerschlagen, waren von

Schrammen bedeckt und betrübt, und sie bewegten sich auf einem Ding voran, das einst die Kontrollsektion eines Leichten Kreuzers gewesen war – unter einem Flikkensegel. Und sie hofften, äußerlich guten Mutes, doch innerlich mit wenig Hoffnung ... ja, was hofften sie eigentlich zu finden?

Commander Varese und sein Beiboot waren nur eine dürftige Hoffnung. Doch vielleicht klappte es, das Funkgerät seines Walfängers mit dem zu verbinden, was vom Funkgerät der SWALLOW noch existierte. Vielleicht konnten sie auf diese Weise einen Funkspruch durch den Subraum absetzen und Kontakt mit der Basis aufnehmen. Doch diese Hoffnung war so gering, daß sie ihnen bereits wie ein simpler Wunschtraum erschien. Es war, als warteten sie alle auf ein Wunder, das sich einstellen würde, wenn sie den Befehlen folgten, die Inglis gab.

Gerda wischte sich die Hände an den Oberschenkeln ab und hockte sich dorthin, wo sie die zur Funkanlage gehörigen Instrumente aufgestapelt hatten. Die Stelle wirkte wie ein Schrein; als hätte man vor dem Götzenbild einer heidnischen Gottheit Opfergaben deponiert.

Gerda begann mit ihrem Ritual. Sie war in ihrem Fach erstklassig, das sah man gleich. Aber konnte man ein beschädigtes Subraum-Funkgerät überhaupt noch reparieren, wenn ein so hoher Anteil seiner Einzelteile unbrauchbar geworden war? Selbst ein Genie hätte dabei Probleme gehabt.

Sie widmete sich methodisch ihrer Aufgabe. Im Moment bog sie gerade eine Reihe von Schaltteilen wieder gerade, die äußerst schrecklich mißhandelt worden waren. Inglis rief nach Linda, damit sie ihr zur Hand ging. Er ignorierte den Schwung ihrer Hüften, als sie herankam und sorgfältig darauf achtete, nicht gegen die Stützen und Streben zu laufen, die einst die Kontrollraum-

Ausrüstung getragen hatten. Wäre sie im Reparieren von Subraum-Funkgeräten ebenso gut gewesen wie darin, die Blicke der Männer auf sich zu ziehen, hätte Inglis ihr gewiß viel mehr Zeit gewidmet.

Er sah erneut auf seine Uhr. Es war an der Zeit, Korvettenkapitän M'Banga, den Feuerleitoffizier, am Ruder abzulösen. Inglis begab sich ans Heck und paßte sich dabei den Schiffsbewegungen an. Keiner hatte bisher allzusehr unter Seekrankheit gelitten; Raumfahrer wurden damit ziemlich schnell fertig. Inzwischen hätte jeder von ihnen gewiß seine Freude an diesem Segeltörn gehabt – wäre der Wetteinsatz nicht so hoch gewesen.

M'Banga begrüßte ihn mit einem breiten Lächeln.

»Du bist pünktlich, Roy«, sagte er. »Aber wenn du willst, halt ich es noch 'ne Weile.«

M'Banga dachte an Leutnant Renee Zutshi, eine zarte, schwarzhaarige Frau mit den sanften Augen und der zierlichen Anmut eines exotischen Vogels. Im Moment schlief sie. Inglis hatte ihr die Verwaltung der Medikamente anvertraut, und ihre Aufgabe bestand hauptsächlich darin, die Schmerzmittel des Erste-Hilfe-Köfferchens zu sortieren, Antons gebrochenen Arm zu behandeln und Belitas immer näher rückendes Ende so schmerzlos und würdevoll wie möglich zu machen.

Es war eine schwierige Aufgabe für eine kleine und zarte Frau wie sie; aber eine jener Art, die die Frauen der Erde in vergangenen Zeiten mit Demut und Courage akzeptiert und ausgeführt hatten.

»Danke, M'Banga«, sagte Inglis und erwiderte das Lächeln des anderen. »Das ist nett von dir.«

M'Banga war sein wichtigster Mann an Bord. Solange er ihn und Gerda hatte, fühlte er sich frei und nicht von Mängeln behaftet. Auch Hannah, die Küchenfee, war eine Frau, auf die man in gefährlichen Situationen würde zählen können. Doch ihr mangelte es leider etwas an der Phantasie, die den anderen zu eigen war und keinen trotz der Schwierigkeiten den Mut verlieren ließ. Was die anderen anging, so hatte Inglis ihnen gegenüber einige Vorbehalte. Wenn es hart auf hart ging, müßte sich erst noch erweisen, wer wessen Freund war. Und die harten Zeiten würden fraglos kommen. Dann mußte man auf seinen Rücken achten.

»Der Kahn ist jedenfalls so störrisch wie ein Maultier«, sagte M'Banga.

»Du meinst«, flötete die respektlose Stimme Toni Frescobaldis, die neben der strahlenden, dominierenden Gestalt M'Bangas auf dem Boden saß, »daß er es nicht gern hat, wenn er immer nur von einem gesteuert wird.«

»Das ist Meuterei, du Schelm!« brummte M'Banga und tat so, als wolle er Toni eine Backpfeife verabreichen. Sie duckte sich und warf ihm aus schwarzen Augen einen Blick zu. Toni war knapp siebzehn Jahre alt. Sie war mager wie ein Junge und bewegte sich mit der Abgehacktheit einer Marionette. Dennoch konnte man ihr ansehen, daß sie sich eines Tages zu einer Schönheit entwickeln würde, in deren Schatten selbst Linda mit ihrem Charme verblassen mußte. Im Moment schaute sie zu M'Banga auf. Offene Heldenverehrung lag in ihrem Blick.

Inglis lächelte. Im Geiste setzte er Toni auf die Liste derjenigen, die es noch weit bringen würden.

»Für jemanden, der noch zu den Raumkadetten gehört, hast du dir ein ziemlich großes Ziel ausgesucht, Toni«, sagte er milde. Sie hatte wirklich Pech gehabt: Kaum hatte sie die funkelnagelneuen Rangabzeichen eines Raumkadetten tragen dürfen, da war sie auch schon auf einer Wasserwelt gestrandet, die in einem unerforschten Sektor der Galaxis lag – mit einer Überlebenschance, die so gering war, daß selbst ihre überhebliche Dreistigkeit sich Schwierigkeiten ausgesetzt sah.

Inglis dachte über sich selbst nach: Auch er war auf diesem weit abgelegenen Planeten gestrandet. Und er war für die anderen verantwortlich. Er konnte es sich nicht leisten, sich geschlagen zu geben. Er durfte sich nicht einmal Sorgen um die anderen machen. Jedenfalls hatte keiner an Bord Lust, sich ernsthaft mit diesem Wort auseinanderzusetzen.

Inglis wandte sich von M'Banga und Toni ab und musterte den Rest seiner Leute. Sie waren alle da – und damit beschäftigt, die Aufgaben zu erfüllen, die er ihnen zugewiesen hatte: Linda hatte sich aufgemacht, um nach Belita zu sehen – sie hatte damit eine Aufgabe übernommen, die ihrer gezwungenen Fröhlichkeit eine bittere Note verlieh. Belita würde den heutigen Tag wahrscheinlich nicht überleben. Sie würde auf einem Planeten sterben, der noch nicht einmal einen Namen hatte.

Als Inglis so dastand – die Sonne brannte auf ihn nieder, der Wind versetzte das Flickensegel knatternd in Bewegung, er war von überall herumliegenden Interkom-Kabeln umgeben, die See roch penetrant nach Salz –, sah er, während er sich körperlich den Wellenbewegungen des Meeres anpaßte, am Horizont, der so leer und öde wie immer wirkte, ein weißes Leuchten, das ziemlich hell war und dann verschwand.

Er wollte »Segel voraus!« rufen, entschied sich jedoch anders. Er wollte mal sehen, wer die stärksten Nerven hatte. Er wandte sich M'Banga zu, der immer noch mit Toni herumalberte und sagte: »M'Banga, sag nichts. Warten wir doch mal ab, wer als erster schreit. In Ordnung?«

»Was ist denn, Roy?« fragte M'Banga. Er verstand erst jetzt. »Wer ist denn der Ausguck?«

Inglis wußte es; sein Blick fiel über das gesamte Boot.

Linda hatte Gerda, die sich noch immer mit dem Funkgerät abmühte, allein gelassen, um sich um Belita zu kümmern. Hannah sorgte sich – nein, Hannah sorgte sich niemals um etwas: Hannah überwachte das auf dem Feuer stehende Mittagessen. M'Banga befand sich am

Steuerruder, während Toni neben ihm hockte und ihn anhimmelte. Anton, dessen Arm gebrochen war, schlief mittschiffs. Ebenso Renee und die sterbende Belita. Also blieben nur noch er selbst und Sammy übrig, die Ausschau halten konnten.

Nachdem Sammy kurz mit der aus dem Wasser zurückgekehrten Gerda gesprochen hatte, hatte er das Segel wieder hochgezogen und die Wache aufgenommen. An sich hätte er jetzt die Rolle des Ausgucks übernehmen müssen.

Inglis hielt am Bug ihres wackeligen Gefährts nach seinem dichten Haarschopf Ausschau. Tja. Sammy machte geradezu eine Schau aus seiner Tätigkeit. Das Problem war nur, daß er nicht daran gewöhnt war, auf eine öde Wasserfläche zu starren, sondern auf Bildschirmen nach kleinen Lichtpünktchen zu suchen. Daß die Tätigkeit eines Ausgucks auf dem Wasser eine ganz andere war – hier konnte ein Schiff nämlich nur für Sekunden sichtbar werden und dann ganz plötzlich wieder verschwinden –, schien ihm nicht einzugehen.

Wieder blitzte es weiß auf.

»Ich sehe es«, sagte M'Banga leise. Er sah Toni an und schüttelte den Kopf. »Kein Wort, Mädel«, sagte er. »Roy hat etwas vor.«

»Diese Fotos, die wir gesehen haben«, sagte Inglis. Er dachte an die vergrößerten Abzüge, die Leutnant Chung ihnen gebracht hatte. »Die Kapsel ist zusammen mit Abdul über der schwimmenden Stadt abgeworfen worden. Es gab an Bord dieses . . . dieses Schiffes ganz deutliche Anzeichen einer Zivilisation. Aber es ist ebenso klar, daß das Schiff, das wird gerade gesehen haben, nicht zu der Stadt gehört, auf die wir zuhalten. Es ist noch ein langer Weg, bis wir dort sein werden.«

»Na schön, Roy«, sagte M'Banga. »Ob sie uns nun freundlich gesinnt sind oder nicht: Wir sind nicht in der Lage, das Schiff einzuholen. Das ist gewiß.«

Das weiße Ding leuchtete erneut auf. Diesmal dauerte es länger, bevor es verschwand.

»Kontakt!« brüllte Sammy und streckte den Arm aus.

Alle sprangen auf – außer denen, die schliefen oder im Sterben lagen. Inglis zwinkerte M'Banga und Toni zu.

Er bewegte sich langsam nach vorn und überlegte, wie sie sich jetzt verhalten sollten. Natürlich hatte er gehofft, daß ihnen jemand auf diesem unendlichen und scheinbar leeren Meer begegnen würde. Doch jetzt, wo es den Anschein hatte, als würde sich seine Hoffnung erfüllen, fühlte er sich von einer rätselhaften Nervosität erfaßt. War er zu weich? Gütiger Himmel – bitte nicht jetzt!

Inglis nahm den Schlüssel zum Waffenschrank vom Haken und öffnete die Tür. Sammy hatte seinen Posten verlassen; er bebte vor Ungeduld und nahm an Inglis' Seite Aufstellung.

Bevor Inglis eine Gelegenheit hatte, ihn anzuschnauzen, sagte er aufgeregt: »Du gibst mir besser eine Flinte, Roy. Es könnte ja sein, daß sie uns feindlich gesinnt sind.«

»Wir haben noch eine Menge Zeit, um uns zu bewaffnen, Sammy«, sagte Inglis. »Gehst du bis dahin bitte auf deinen Posten zurück? Man kann nie wissen, was alles passiert, während du weg bist.«

Sammy sah ihn mit halb heruntergelassenen Lidern an. »Sicher, Roy«, sagte er schließlich. »Klar.«

Inglis fragte sich nicht zum erstenmal, ob er richtig gehandelt hatte. Daß sie einander jetzt duzten, lockerte auch die Disziplin. Anfangs war es ihm nur natürlich erschienen, aber inzwischen kannte er die Mystik der Disziplin und die zerbrechliche Basis, auf der sie beruhte. Aber letztlich waren sie doch moderne, zivilisierte Menschen, die einer wissenschaftlichen Kultur entstammten. Wenn *sie* sich nicht wie zivilisierte Menschen verhalten und miteinander auskommen konnten, waren sie es vielleicht auch nicht wert, daß man sie rettete.

Inzwischen war das Segel ihnen so nahe gekommen, daß man erkennen konnte, daß es zu einem Zweimaster gehörte. Das Schiff wies hohe, rechtwinklige Segel, ein niedriges Vorderpiek und ein unmöglich hohes Achterdeck mit einem Aufbau auf, der in verschwenderischer Pracht verziert und bemalt war. Man fühlte sich sofort in die Defensive gedrängt. Doch inzischen hatte die Mannschaft gegessen, das Feuer war erloschen, und jedermann nahm die Stellung ein, die Inglis ihm zugewiesen hatte. Man hielt die Waffen feuerbereit.

Stille lag über dem Schiff.

Das Klatschen der Wellen, der salzige Geruch des Meeres und seine Bewegung war alles, was sie in diesem Augenblick wahrnahmen. Und der Wind, der zerrende Wind war zu vernehmen. Von dem fremden Schiff her drang der hohe Ton eines Blasinstruments an ihre Ohren.

»Roy«, sagte M'Banga aufgeregt. »Das Schiff ist nicht allein! Dahinter kommen noch mehr! Es sind viele!«

»Ich sehe sie, M'Banga.«

Am Horizont tauchte nun ein ganzer Wald von Segeln auf. Der Wind, vor dem die SWALLOW – beziehungsweise das, was von ihr übriggeblieben war – sich bewegte und gegen den der fremde Zweimaster ankämpfte, schob sie auf eine riesige Schiffsarmada zu.

»Es sind keine Schiffe«, piepste Toni. »Es ist eine Stadt. Eine Stadt auf dem Meer!«

»Tja«, sagte Inglis, »wenn sie freundlich sind, werden sie uns helfen, Commander Varese zu suchen.«

Das Schiff, das sie als erstes ausgemacht hatten, schaukelte, machte eine Kurskorrektur und schickte sich an, längsseits zu gehen. Zwei weitere Schiffe, die dem ersten sehr ähnlich sahen – man konnte sie nur anhand der andersartigen Bemalung voneinander unterscheiden –, kamen von der anderen Seite heran. Man schien die SWALLOW, beziehungsweise das, was von ihr übriggeblieben war, einkeilen zu wollen.

Die wie beiläufig erfolgende Präzision, mit der die Unbekannten ihre Wasserfahrzeuge steuerten, dokumentierte in aller Deutlichkeit die seemännischen Qualitäten dieser Leute, wer immer sie auch sein mochten. Die hohen, schmalen Segel wurden mit äußerster Geschwindigkeit in Position gebracht und bewegten sich an funkelnden Metallringen die Masten hinauf. Immer mehr Schiffe trennten sich von der Hauptmacht – oder der schwimmenden Stadt – und näherten sich dem seltsamen Segler, der wiederum auf sie zuhielt.

Inglis sagte so laut, daß jeder Angehörige der Mannschaft ihn hören konnte: »Niemand schießt, bevor ich den Befehl dazu gebe! Ich nehme an, daß diese Leute ziemlich verwundert sind – wahrscheinlich verwunderter als wir. Wir sind auf Freunde angewiesen. Wenn wir ihnen feindlich erscheinen, glaube ich nicht, daß wir auch nur die geringste Chance gegen sie hätten.« Er sah sich um, sah jedem einzelnen in die Augen. »Habe ich mich verständlich ausgedrückt?«

»Ja, Roy.«

»Okay, Skipper.«

Das Schiff, das ihnen am nächsten war, rauschte nun heran. Es trieb frei vor dem Wind. Man hatte die Segel zur Hälfte gehißt. An Bord der SWALLOW leckten sich die Männer und Frauen nervös die trockenen Lippen und starrten zum Deck des Unbekannten hinüber. Sie versuchten sich vorzustellen, wie die Eingeborenen dieser Welt wohl aussahen.

Ein gewaltiger, kalter Schatten fiel über die See und beraubte die Szenerie ihrer Farbe und ihres Glanzes.

Alle warfen den Kopf in den Nacken und schauten nach oben – die Menschen und die anderen.

Auch Inglis starrte nach oben. Er spürte, wie die Schwäche der Verzweiflung ihn ergriff.

»Die *Bösen!«* schrie jemand.

Über ihren Köpfen hing der gewaltige Rumpf des fremden Schlachtschiffes, das sie abgeschossen hatte. Überall sah man beleuchtete Bullaugen – am Bug und am Heck –, die sich sanft mit dem Verlauf der Außenhülle krümmten. Die dunklen Läufe überdimensionaler Waffen schwangen herum, zeigten nach unten. Schon die Größe des Schiffes, das über ihnen in der Luft hing, erzeugte ein kaum erträgliches Klima der Klaustrophobie.

Inglis fühlte sich durch und durch geschlagen. Die Worte Admiral Rattigans fielen ihm wieder ein: »Sorgen Sie dafür, daß die Fremden nicht durch Sie erfahren, wo die Erde liegt. Gehen Sie in dieser Hinsicht keinerlei Risiko ein. Möglicherweise müßten Sie, um dies sicherzustellen, zu extremen Mitteln greifen. Vielleicht müssen Sie sogar . . .«

Und er hörte sich selbst überheblich sagen: »Ich verstehe.«

Und da war die Herausforderung – hier und jetzt.

Die Fremden dort oben wollten in Erfahrung bringen, woher das Schiff gekommen war, das sie abgeschossen hatten. Sie wollten in Erfahrung bringen, wer diejenigen waren, die in ihren Denken den Part der *Bösen* spielten. Und trotz all der Fremden, die sie umgaben, war nirgendwo eine Hand, die sich erheben würde, um ihnen beizustehen.

Inglis sah, daß sich in der Schiffshülle über ihnen eine Luke öffnete. Dann sah er einen Gleiter, der langsam herniedersank. Er hob seine Waffe und entsicherte sie. Er würde sich von seinen Freunden an Bord verabschieden müssen, indem er jedem von ihnen eine Kugel gab. Einem nach dem anderen.

Erst dann fielen ihm die Karten ein, die den Fremden

unweigerlich die Position der Erde verraten würden.

Der Gleiter sank immer tiefer; er fegte über den Seglern der Eingeborenen in einer engen Kurve dahin und hielt auf die Kontrollsektion der SWALLOW zu, die sich bemühte, den Anschein zu erwecken, nichts anderes zu sein.

Und ihre Karten waren deutlich zu sehen. Sie waren mangels anderer Stoffe zu einem Bestandteil des Hauptsegels geworden.

8. KAPITEL

Feuer!

Das war die Lösung.

Es war die einzige Lösung in dieser Situation, was immer sie auch taten, denn der Tod würde unweigerlich am Ende all ihrer Handlungen stehen.

Es gab nur eins an den Fremden, das man mit Gewißheit voraussagen konnte: daß sie unberechenbar waren. Eine unterschiedliche Anordnung logischer Voraussetzungen, eine andere Art, sich mit Fakten auseinanderzusetzen, um sie zur Basis eines fremdartigen Denkgebäudes zu machen, konnte lediglich in Handlungen und logische Schlußfolgerungen münden, die völlig außerhalb des irdischen Begriffsvermögens lagen.

Als Inglis in den mittleren Teil der Kontrollsektion der SWALLOW hinuntersprang und nach dem Brennglas Ausschau hielt, um das Feuer in der Globushälfte wieder zu entfachen, fing die Luft über ihnen an zu vibrieren. Alle anderen saßen oder standen von panischem Entsetzen erfüllt da. Sie waren wie gelähmt. Nur Inglis bewegte sich. Er kramte die Linsen zusammen und drehte sie so, daß sie das Sonnenlicht einfingen, um die Reste, die noch auf dem Herd lagen, in Brand zu setzen.

In der wie elektrisch aufgeladcnen Luft ertönte nun eine Stimme.

Inglis erkannte, daß sie verstärkt wurde. Jemand sprach durch ein Mikrofon und über einen Verstärker zu ihnen, der so weit aufgedreht war, daß die Bässe brummten. Die Stimme klang so schrill, daß man nichts von dem, was sie sagte, verstand. Die Sprache klang zwar flüssig, aber sie war voll von Trillern und gelegentlichen Schnalzlauten, die den Klangfluß störten.

Das Anmachholz weigerte sich, Feuer zu fangen; ein winziger Hauch blauen Qualms stieg in die Höhe. Inglis blies langsam vor sich hin, doch er sah nur das Schwarz ausgebrannter Kohle. Er startete einen erneuten Versuch, und die Angst vor dem Versagen schnürte ihm die Kehle zu.

»Roy, schau dir die Leute auf den Schiffen an!«

Es war Gerda, die sich ihm rufend zuwandte. Sie streckte den Arm aus. Inglis gestattete sich einen raschen Blick zur Seite, ohne in seiner Tätigkeit innezuhalten.

Die Decks der fremden Segler waren bar jeden Lebens; an Bord bewegte sich niemand. Dann hörte er überall etwas auf Wasser klatschen. Und er verstand.

Die Eingeborenen waren unverzüglich über Bord gesprungen.

M'Banga verließ seinen Platz am Steuerruder, ergriff eine Axt und zerfetzte das Hauptsegel. Das Flickengebilde rutschte in einem Schwall vom Mast.

Über ihnen donnerte die Stimme weiter.

... ein undeutliches Brüllen setzte ein, die vier Höhlen füllten sich mit Licht, und die verborgenen Türme nickten und befreiten sich vom Staub ...

Inglis griff sich mit der Hand an den Kopf. Er vergaß das Feuer und das Schiff, und er vergaß auch das verräterische Segel, das teilweise aus den Kunststoffkarten bestand, die den Fremden den Weg zur Erde weisen würden. Er vergaß, daß sie seinen Heimatplaneten angreifen würden. Er vergaß sogar, was er gerade getan hatte.

Er sah, daß Linda ihren Bauch auf höchst interessante Weise in eine kreisende Bewegung versetzte, und dann wurde ihm mit einer Bestürzung, die seinen Verstand nahezu völlig ausschaltete, klar, daß Gerda Lindas Bewegungen nachahmte.

Auch Toni und Renee schlossen sich ihnen an; selbst Hannah versuchte allen Ernstes, ihre nicht existente Taille in rotierende Bewegungen zu versetzen.

Inglis bemühte sich, einen lauten Schrei auszustoßen, aber kein Laut drang über seine Lippen. Irgendeine unbekannte Kraft schien ihn mit einem Knebel versehen zu haben und lähmte seine Sprachfähigkeit. Er sah sich verwundert um, ohne recht glauben zu können, was er sah. Irgendwie drang der Gedanke zu ihm durch, daß er halluzinierte, daß er nach all dem Streß zusammengebrochen war. Dennoch hatte er gleichzeitig das Empfinden, völlig gesund zu sein, daß das, was er sah, Wirklichkeit war. Es war ein Bestandteil des wirklichen Lebens, und keinesfalls ein Produkt seiner überreizten Phantasie.

Nasse Gestalten, die aus dem Wasser kamen, kletterten wieder an Bord der Eingeborenenschiffe. Die einheimischen Segler schotteten die SWALLOW von der Außenwelt ab. Sie saß fest. Die Schiffe der Eingeborenen waren samt und sonders mit gewaltig großen Puffern ausgestattet, die sie voneinander abwehrten und den Eindruck erzeugten, daß sie sehr oft dichtgedrängt mit hoher Geschwindigkeit nebeneinander herjagten. Sämtliche Geräusche, ob sie nun von der Schiffstakelage, den Schiffen selbst oder dem Meer kamen, verloren sich in dem alles erschlagenden Schwall der künstlich verstärkten Stimme, die vom Himmel herunterdröhnte.

Der Gleiter der Fremden hatte inzwischen angehalten und hing bewegungslos in der Luft.

Doch die Stimme war immer noch zu hören.

»... tanzt, auf daß ihr die Offenbarungen verstehen möget, die wie vom Wind dahingetriebene Regenwolken, wie ein Seufzen, aus den vier Höhlen dringt ... Ein Zeichen ist's, das euch gewährt wird ...

Genau in diesem Augenblick, als Inglis M'Banga ansah, bemerkte er, daß sich allmählich auch der ebenmäßig muskulöse Leib des Schwarzen in wiegende Bewegungen versetzte. Inglis zuckte vom Herd zurück. Er spürte, daß sein eigener Körper ebenfalls die Bewegungen des Tanzes vollführte, der inzwischen auch die Einheimischen auf ihren Seglern ergriffen hatte.

Die terranischen Mädchen vollführten nun einen ausgewachsenen Hula-Hula.

Inglis unternahm eine gewaltige Anstrengung. Er wollte seinen Körper steif und aufrecht halten. Er spürte, daß sich seine Muskeln miteinander verbanden, wie sie es bei Lockerungsübungen taten.

Er öffnete den Mund, rang nach Luft. Er bildete Worte und zwang sich, sie über die Lippen zu bringen. Er stieß sie aus wie Kugeln aus einer Schußwaffe.

»Aufhören! Hört auf zu tanzen!« brüllte er. Er rief jeden Angehörigen der Mannschaft mit seinem Namen an, erteilte ihnen einen Verweis, ließ nicht locker, gab ihnen Befehle.

Allmählich brach ihm der Schweiß aus. Inglis taumelte übers Deck. Er hatte dabei das Gefühl, als müsse er durch zähen Matsch waten. Er packte Gerda bei den Schultern, spürte ihre seidenweiche Haut unter seinen Fingern. »Steh still, Gerda!« schrie er. »Reiß dich zusammen! Setz dich dagegen zur Wehr!«

M'Banga hatte jetzt Toni gepackt. Sammy, der die Lage voll auszunutzen schien, umklammerte Linda mit beiden Armen, und bewies so, daß sein Griff wirkungsvoller war als das Gentleman-Verhalten Inglis', der Gerda lediglich an den Schultern festhielt. Inglis änderte seinen Griff und schrie das Mädchen fortwährend und laut an. Gerdas Gesicht war dem seinen sehr nahe. Sie hatte beide Augen und den Mund weit aufgerissen und glänzte vor Schweiß. Sie schüttelte wild den Kopf, so daß ihre Haare flogen. Inglis packte sie fester und sah, daß M'Banga und Sammy Toni und Linda zur Ruhe brachten. Hannah rang schwerfällig mit Renee. Anton, der mittschiffs auftauchte und seinen gebrochenen Arm hob, sah sich mit wildem Blick um.

Er hatte Belita alleingelassen! Inglis brüllte ihn an.

Belita!

Dann packte ihn das blanke Entsetzen. Er starrte nach unten und erblickte sie. Die Frau, die im Sterben lag, war gerade dabei, sich taumelnd aufzurichten. Sie hatte ihre Decken beiseite geworfen, und die Bandagen, die man um ihren Brustkorb gelegt hatte, wurden von Augenblick zu Augenblick blutbefleckter. Inglis sah ihr zu. Belita verlor immer mehr Blut; die verhaltenen Tanzbewegungen pumpten es regelrecht aus ihr heraus. Mit jeder Bewegung, die sie machte, brachen ihre Wunden wieder auf.

Als Inglis ihr zusah und sich gleichzeitig bemühte, seinen Griff um den schlanken, sich windenden Körper Gerdas nicht erlahmen zu lassen, bemerkte er, wie Belitas Gesicht versteinerte. Dann wurde es ganz steif, und sie fiel wie vom Blitz getroffen um.

Anton sprang auf sie zu. Ihr Unterkiefer hing schlaff herab. Ihre Hüften bewegten sich noch immer in einem sinnlosen Wiegen, aber Inglis wußte, daß sie tot war.

Eine Tote, die auf makabre Weise Hula-Hula tanzte. Obwohl sie tot war, stand sie noch immer unter dem Einfluß einer unbegreiflich fremden Macht.

Denn genauso war es. Inglis hatte keine andere Wahl, als es sich einzugestehen. Es mußte eine äußerst starke Macht sein, wenn sie Tote tanzen lassen konnte.

Er schaute weg und versuchte aufzunehmen, was in seiner Umgebung vor sich ging. Die kleinen, nassen Gestalten, die bunt zusammengewürfelte Kleider aus grellfarbenem Material trugen, tanzten und drehten sich auf ihren Seglern, wobei sie ihre Schwänze auf- und niederwippen ließen.

Inglis versuchte sich zu konzentrieren. Jene Eingeborenen, die er sehen konnte, waren etwa eineinhalb Meter groß und schienen über zwei Arme und zwei Beine zu verfügen, obwohl es in dem Tohuwabohu, das sie veranstalteten, nicht mit Genauigkeit festzustellen war.

Aber eins war gewiß – sie waren ausnahmslos mit langen, dicken, schweren Schwänzen ausgestattet, die denen der irdischen Biber glichen. Und sie ließen sie auf- und niederpeitschen, als wollten sie einen Sturm entfachen.

Inglis gelangte allmählich zu der Überzeugung, daß er verstand.

Die Stimme, die aus den Lüften zu ihnen herunterdrang, ergab immer mehr Sinn. Er konnte zwar immer noch nicht genau sagen, was sie konkret sagte, aber die Bilder und Visionen, die ihm die Illusion von Worten vermittelten, waren äußerst stark. Und sie wurden mit jeder Sekunde stärker.

... die fernen Banner leuchten und locken, und die vier Höhlen werden die Geheimnisse der Ghuläugigen freigeben ... Und die Bewohner der See werden einmütig frohlocken, mit Herz und Verstand ...

Jetzt wußte Inglis Bescheid.

Propaganda.

Es handelte sich um ganz primitive Propaganda, die die Muskeln zucken ließ und einem die Synapsen durchschüttelte. Aber so ungeschlacht sie vielleicht auch war, sie hatte ihn mit der ihr innewohnenden Kraft gepackt. Und sie hätte ihn beinahe wie die anderen dazu verführt, in spasmische Zuckungen zu verfallen. Und all das wurde von dem Gleiter erzeugt, der hoch über ihnen schwebte.

Dank seiner verzweifelt hinausgebrüllten Befehle fingen Gerdas Hüftbewegungen allmählich an, sich zu verlangsamen. Inglis spürte, daß ihr Leib zitterte wie die Flanke eines Rennpferdes, das gerade den ersten Preis gewonnen hatte. Er wagte es nicht, zu Belita hinüberzusehen, aber er sah, daß auch Anton es bisher nicht gewagt hatte, sich der toten Tänzerin zu nähern.

An Deck des Kontrollsektion-Bootes, von klatschenden Segeln und den sanft dahindümpelnden Schiffen der biberartigen Eingeborenen umgeben, war der Kampf noch lange nicht beendet.

». . . doch nun geht und verbreitet die Botschaft von der herrlichen Heimsuchung, auf daß ein jeder die Wunder der vier Höhlen schaut, und frohlocken kann, daß ihr auserwählt wurdet – als das Volk, daß den Herzen der flaggenschwingenden nebeläugigen Uralten in ihrer unendlichen Weisheit am nächsten steht . . .«

Inglis wankte nach vorn; sein Körper schmerzte, und seine Beine zuckten wie die eines Frosches, dessen Elektrizität nachläßt. Er empfand nichts anderes mehr als einen abgrundtiefen Schmerz und ein großes Verlangen nach vagen und wundersamen Taten und Visionen, die in seinem Geist nie völlig klar erkenntlich waren.

Gerda und Linda hörten mit dem Zucken ihrer Hüften auf. Die beiden Mädchen sahen einander an, dann brachen sie zusammen. Sie wären umgefallen, hätten Sammy und Inglis sie nicht festgehalten. Hannah, die alles relativ unbeschädigt überstanden hatte, hatte Renee nun voll im Griff. M'Banga hatte Toni zur Vernunft gebracht; jetzt riß sie sich von ihm los und brach – wie die beiden anderen – schluchzend zusammen.

M'Banga stand gerade aufgerichtet da. Er streckte zwar beide Hände nach ihr aus, griff jedoch ins Leere. Sammy beugte sich zur Seite; ihm schien schlecht zu sein. Anton schrie vor Schmerz über seinen gebrochenen Arm.

Ganz plötzlich war der unheimliche Einfluß abgeflaut. Die Welt schien wieder völlig normal zu sein.

Wenn man von dem brausenden Empfinden absah, das ihn sich einsam fühlen und tanzen gelassen hatte.

Inglis schaute auf. Der Gleiter hob sich. Als er zusah, verlor er an Größe und schrumpfte zu einem stromlinienförmigen Umriß zusammen, der sich von dem gelben Licht, das der Luke seines Mutterschiffes entströmte, deutlich abhob.

Die Schleusentore schlossen sich. In dem gesamten mächtigen Schiffsrumpf deuteten jetzt nur noch die beleuchteten Bullaugen an, welche Kraft und Macht das Raumfahrzeug auszeichnete. Das Schlachtschiff der bösartigen Fremden stieg langsam wieder auf, nahm an Geschwindigkeit zu und bewegte mit seinem mächtigen Leib die Luft, die nach allen Seiten auswich.

Ein heulender Ton erklang, dann wurde das Schiff zu einem schwarzen Punkt, das mit dem Himmel eins wurde und verschwand.

Jetzt, da wieder Stille herrschte, vernahm man auch wieder das Klatschen der Meereswellen und das Knarren und Knacken der Schiffswände, vom Geknatter der Segel ganz zu schweigen. Auf den Seglern der Einheimischen setzte ein alles übertönendes, schrilles Geschnatter ein.

Inglis schloß die Augen so fest, bis er lauter kleine bunte Fünkchen sah. Dann öffnete er sie wieder und schrie mit lauter Stimme:

»Sammy! Keine Zeit, jetzt krank zu werden! Sieh dir Antons Arm an. – M'Banga, leg die Mädchen in eine Reihe und sieh zu, daß es ihnen besser geht! – Hannah, wenn du dich gut genug fühlst, geh M'Banga zur Hand!«

Er trieb seine Mannschaft an, gab ihnen Aufgaben und Ziele, die sie in Bewegung halten würde. Er wollte nicht, daß sie anfingen, jene Gefühle einer näheren Untersuchung zu unterziehen, von denen er wußte, daß sie existierten: die vagen und sehnsüchtigen Emotionen, die gestaltlose Farben und ein Verlangen erzeugten, die er in seinem eigenen Verstand selbst nur zu gut verspürt hatte. Terraner waren vertraut genug mit den Tricks, die man anwenden mußte, um auf elektronische und mechanische Weise den Geist anderer zu beherrschen. Doch daß er in der Lage gewesen war, zu erkennen, was hier geschehen war, befreite ihn von einem Teil des Entsetzens, das er empfand.

Am liebsten wäre es ihm gewesen, wenn er sich von dem seltsamen Gefühl seiner ungreifbaren Vorstellungen hätte befreien können. Sie lähmten das Denken, hielten einen auf. Das Ausgeben von Befehlen, die Reorganisation des Schiffes und seiner Mannschaft sowie die Aufstellung von Vorsorgeplänen, um mit einem weiteren Notfall fertig zu werden – nämlich den Einheimischen und deren Segelschiffen –, all das war ein schwieriger Prozeß, der ihm für jeden Gedanken große Anstrengungen abverlangte.

Es war wie der Versuch, nach einem nächtlichen Besäufnis den Kurs für ein interstellares Schiff zu berechnen.

Inglis' Geist schweifte ständig ab und bewegte sich in Bahnen, die peinigend und quälend ständig zu nebelumwölkten, schleierartigen Umrissen zurückkehrten, die vier Höhlen bewohnten. Und dazwischen sah er ständig die grüne Finsternis eines unterseeischen Bereichs.

»Die Mädchen sind völlig erschöpft«, meinte M'Banga. Er hatte sie auf einigen Textilfetzen ausgebreitet und sich um sie gekümmert. Sie waren allesamt von einer dermaßen wächsernen Blässe, daß Inglis sich Sorgen um sie machte. Dann sah er, daß auch Sammy und Anton bleich waren – wie auch seine eigenen Hände, deren verdammtes Zittern auch dann nicht aufhören wollte, als er sie vors Gesicht hob.

M'Banga sah grau aus. Sie befanden sich ausnahmslos in einer Art Schockzustand. Die Mädchen hatten aufgrund ihrer Physiologie am meisten gelitten. Wahrscheinlich, dachte Inglis in einem Anflug von galligem Humor, weil sie dem Hüftwackeln eher verhaftet sind als Männer. Als er zur Seite blickte, wurde ihm klar, warum sie alle auf diese komische Weise gewackelt und die Hüften geschwungen hatten.

Einer der Befehle der Fremden hatte gelautet, man solle die Schwänze aneinanderreiben – und genau damit waren die kleinen Gestalten der die Segler bevölkernden Einheimischen immer noch beschäftigt. Als Inglis sie musterte, sah er, daß ihre breiten, flachen, fleischigen Schwänze sich krümmten, einander tätschelten und klatschende, gleitende Geräusche erzeugten – zweifellos war dies ein Zeichen von Freundschaft, als würde man sich die Hand schütteln oder sich auf die Schulter klopfen. Die schwanzlosen Menschen waren dieser Anweisung gefolgt, doch da es bei ihnen nichts gab, womit sie hätten wedeln können, war ihnen nichts anderes übriggeblieben, als die entsprechenden Bewegungen nachzuahmen. Den Rhythmus hatte die Stimme aus dem Gleiter angegeben.

»Da schnallst du ab, was?« fragte M'Banga und massierte sein in Mitleidenschaft gezogenes Hinterteil. »Mann, mir tut alles weh!«

»Hast du auch das Gefühl, du hättest eine ganze Nacht lang durchgesoffen?« fragte Inglis.

»Eine Nacht?« gab M'Banga zurück. »Ich würde sagen, es wäre schon eine ganze Woche an der Flasche nötig, um den Muskelkater zu erzeugen, den ich habe.«

Sammy kam zu ihnen. »Ich brauche was zu trinken«, sagte er und nahm den Gesprächsfaden unbewußt auf, obwohl die anderen wußten, daß er Wasser meinte. »Ich habe Anton wieder zusammengeflickt. Er hat ziemliches Schwein gehabt, daß die Knoten seiner Bandagen gehalten haben.«

Die drei Männer schienen im Schein der Sonne zusammenzuschrumpfen. Das Wasser aus dem Spender war kühl und süß. Sie tranken alle etwas. Inglis brachte eine Tasse zu den Mädchen. M'Banga folgte ihm.

Gerda war inzwischen wieder zu sich gekommen. Sie versuchte ein Lächeln, erhob sich auf die Ellbogen. Eine kleine Brise spielte mit ihrem kurzen Haar und zerrte an ihren Kleidern.

»Hier, Gerda«, sagte Inglis. »Trink einen Schluck. – Wie geht's dir?«

»Ich fühle mich leer«, erwiderte sie und hielt sich den Tassenrand an die Lippen. Sie trank in langen, ungleichmäßigen Zügen. »Und ich habe das Gefühl, als müßte ich mich schämen... Als hätte ich...«

Sammy kümmerte sich um Linda. M'Banga, der inzwischen festgestellt hatte, daß Renee noch immer ohne Besinnung war, gab Toni zu trinken. Sie trank wie ein kleines Vögelchen, und M'Banga ging mit ihr um, als sei sie sein Lieblingswellensittich.

»Es ist schon in Ordnung, Gerda«, sagte Inglis. »Es war für uns alle schlimm. Die Fremden...« Er hielt eine Weile inne. An sich hatte er die Fremden mit einem anderen, ihm vertrauteren Namen bezeichnen wollen, doch seltsamerweise fiel ihm der Begriff nicht ein. Er würde schon zurückkommen. »Es war ihre Mentalkontrolle, mehr nicht. Jetzt ist alles vorbei. Am besten ruht ihr euch erst einmal aus. Wir versuchen inzwischen herauszukriegen, welche Absichten die Einheimischen verfolgen.«

Inglis stand auf, hob die leere Tasse und wandte sich zur Seite, um einen erneuten Blick auf die dichtgedrängten Segler zu werfen. Die Schiffe dümpelten ausnahmslos ruhig und gelassen neben ihnen auf den Wellen. Das Meer zeigte keinen Schaum, das Wasser war ruhig. Die Flotte schien dennoch in ständiger Bewegung zu sein. Die kleinen Eingeborenen an Deck schienen sich allmählich wieder zu beruhigen. Sie stellten ihr wildes Getanze ein, und auch ihre Schwänze kamen zur Ruhe.

Offenbar hatte die Macht der Fremden eine länger anhaltende Wirkung auf sie ausgeübt. Da und dort konnte man an der Reling ein Gesicht erkennen.

Die Eingeborenengesichter waren klein und neugierig und zeigten lange Schnurrhaare, wie sie bei Katzen üblich sind. Die Nasen wirkten knopfartig, und die großen, glänzenden Augen saßen etwa an der Stelle, an der man sie erwarten konnte. Auch die Lippen der Eingeborenen schienen von Haarflaum bedeckt zu sein, aber vielleicht waren es auch nur Auswüchse des langen, seidigen Fells, das ihren gesamten Leib bedeckte. Die geschmacklosen Stoffetzen, mit denen sie bekleidet waren, verliehen ihnen ein abenteuerliches Aussehen. Von einem System oder einer Stilrichtung schienen sie jedenfalls in Sachen Bekleidung nichts zu halten.

Vielleicht, dachte Inglis insgeheim, halten sie bloß nichts von Systemen und Stilen, die uns Terranern genehm sind.

Schrille Stimmen wurden laut. Inglis sah, daß jetzt Taue durch die Luft flogen, an deren Enden Enterhaken befestigt waren. Man wollte die SWALLOW zu sich heranziehen. Langsam näherte sich das kleine Boot zwei großen Seglern.

Die Mannschaft sah betreten nach unten. Manche zuckten ratlos die Achseln. Der Lärm nahm weiterhin zu.

»Macht bloß keine Dummheiten«, sagte Inglis ermattet. »Verhaltet euch ruhig. Sie kommen gleich an Bord.«

9. Kapitel

Inglis hatte das ganze Leben lang hart gearbeitet. Und es war ihm tatsächlich gelungen, in der Raummarine etwas zu werden – ohne Protektion und gegen den ausgesprochenen Willen seiner Eltern.

Obwohl er durchaus einige Talente aufzuweisen hatte, war seine wenig vornehme Herkunft für ihn stets eine Behinderung auf dem Weg nach oben gewesen. Doch trotz alledem hatte auch er Erfolge verzeichnen können. Er hatte sich freiwillig dem Kapselwerfer-Kommando zur Verfügung gestellt (und zwar schon in jungen Jahren), er hatte dort Erfahrungen gemacht und war sicher und mit mehr Prestige nach Hause zurückgekehrt. Am Ende hatte er sogar einen passenden Ehepartner für Laura Chalmers-Wong-Berkeley abgegeben und sich eingebildet, jetzt könne er sich endlich von allem befreien, was ihn bisher im Zaum gehalten hatte.

Im ersten Rausch seiner Ehe hatte er geglaubt, allein die Sterne hätten seinen Ambitionen und seiner Entwicklung Fesseln angelegt. Doch später – und mit jeder weiteren Konzession – hatte sich Schritt für Schritt herausgestellt, daß Laura ihren eigenen Kopf hatte. Und schließlich war er sich nur noch wie ein Leibeigener vorgekommen, wie ein Mensch, der an das Sonnensystem gekettet war. Obwohl sie einander damals noch sehr geliebt hatten, hatte er doch gemerkt, daß mit ihnen irgend etwas nicht stimmte. Sie waren wirklich äußerst unterschiedliche Charaktere.

Jetzt, als er sich im sich sanft auf und ab bewegenden Inneren des Hausbootes befand und seine neue, scharlachfarbene Fetzenbekleidung anprobierte, wunderte er sich aufs neue darüber, wie die letzten Wochen das Aussehen und die Lebensumstände der Restmannschaft der Swallow verändert hatten.

Als die kleinen Eingeborenen zu ihnen an Bord gekommen und überall herumgewimmelt waren, hatte er schon geglaubt, daß in jeder Sekunde das Ende über sie hereinbrechen würde – oder daß sie sich zumindest in einer finsteren Zelle wiederfanden.

Doch nichts dergleichen war geschehen. Die Einheimischen hatten sie wie ihresgleichen behandelt (nicht wie Götter, was Inglis keineswegs überrascht hätte) und ihnen angeboten, sie auf einem ihrer bestens ausgestatteten Segler mitzunehmen. Daraufhin hatten sie all ihr bewegliches Hab und Gut genommen und waren von Bord gegangen. Die Kontrollsektion der SWALLOW hatte man kurz darauf versenkt.

Belita war mit allen Ehren im Meer bestattet worden. Obwohl Gerda als qualifizierte Marine-Linguistin ihnen in der Dechiffrierung der Sprache der Einheimischen eigentlich hätte weit überlegen sein müssen, war es jedem von ihnen leichtgefallen, das hiesige Idiom zu verstehen. Jedermann hatte die fremde Sprache eifrig geübt, und schon nach vierzehn Tagen hatten sie sich mit zunehmender Flüssigkeit verständlich machen können. Was Inglis' Vermutung zu bestätigen schien, daß die Botschaft der Fremden mehr in ihren Köpfen bewirkt hatte, als sie auf rein mentale Weise zu hypnotisieren. Keiner der Terraner schien noch der gleiche zu sein. Sie alle waren einem zunehmenden Begeisterungstaumel unterlegen, nachdem die Auswirkungen des makabren Tanzes sich erst einmal gelegt hatten.

Wenn sie jetzt an dieses Ereignis zurückdachten, hatte jeder – auch Inglis selbst – das Gefühl, einen Höhepunkt seines Daseins erlebt zu haben. Linda und Sammy beklagten in aller Offenheit die Tatsache, daß sich die tänzerische Ekstase noch nicht wieder der der Einheimischen bemächtigt hatte. Man konnte die beiden oft an Deck sehen, umgeben von springenden und umhertollenden Seeleuten. Die Einheimischen nannten sich Pogosan, was soviel wie ›Denker der See‹ bedeutete.

Die Vorhänge an der Kabinentür hoben sich, und die Ringe, an denen sie befestigt waren, schepperten leise, als M'Banga und Gerda eintraten. Sie sahen gesund aus, und die Farbe von Gerdas Wangen verlieh ihr einen unternehmungslustigen Ausdruck. Sie hatte blaue Augen. Die Fetzen, die ihre Kleidung darstellten, waren von smaragdgrüner Farbe.

»Schau dir nur unseren Obermeister an«, sagte Gerda witzelnd. »Sieht er nicht aus wie ein Edelmann erster Klasse?«

Das Wort ›Edelmann‹ sagte sie auf Terranisch, denn die pogosanische Übersetzung dieses Begriffs lautete »der mit dem dicken, langen, gewaltigen Schwanz«, was ihr angesichts der doppelten Bedeutung dieses Begriffs sicher nicht leicht über die Lippen gekommen wäre. Die Rangbezeichnungen der Eingeborenen waren in dieser Hinsicht sehr bildhaft und kaum aussprechbar. Außerdem verfügten die Pogosan über ein Klassensystem, das die Terraner nicht so ohne weiteres auf das ihre übertragen konnten, so daß man gezwungen war, sich dem ihrer Gastgeber anzupassen.

»Sind alle bereit?« fragte Inglis, ohne auf Gerdas Frotzelei einzugehen.

»Alles bereit, Chef«, sagte M'Banga. »Sammy und Linda sind außer sich vor Begeisterung. Es verspricht ein großartiger Tag zu werden. Ein großartiger Tag.« Er wiederholte es noch einmal.

»Wo steckt Toni?«

»Sie schmollt, weil sie Gelb tragen muß – und das will man bei der Zeremonie nicht sehen.«

»Tja«, sagte Inglis und betastete sein scharlachfarbenes Gewand, »es wäre vielleicht besser gewesen, wenn wir uns alle als Edelleute ausgegeben hätten.«

»Die Chance war in dem Moment vertan, als du wieder das Kommando übernahmst, Roy«, sagte M'Banga. »Die Pogosan sind verdammt schnell. Sie sind ein intelligentes Volk. Sie haben sofort registriert, wie die jungen Leute sprangen, als du ihnen Anweisungen gabst.«

»Es hört sich vielleicht gefühllos und stumpfsinnig an«, fügte Gerda hinzu, während sie an ihrer grünen Kopfbedeckung zog, damit sie ihr Haar besser bedeckte, »aber ich kann mich nur wiederholen: du, M'Banga, Renee und ich sind nun einmal besser darauf vorbereitet...« Sie legte eine Pause ein, warf Inglis einen kurzen Blick zu und schaute dann weg. »Wir tragen eine höhere Verpflichtung als die anderen, um die Botschaft zu verbreiten.«

Und irgendwie hatte sie damit recht. M'Banga nickte zustimmend und ernst.

Inglis sagte: »Es ist wahr. Sammy und Linda sind voller Enthusiasmus, aber ich bezweifle, daß ihre Begeisterung mehr als ein Strohfeuer ist. Toni ist noch sehr jung, und Anton auch. Beide sind noch ziemlich unerfahren.«

Er lächelte die beiden an. »Wir tragen wirklich eine große Verantwortung. Wir müssen unsere gesamte Energie dafür aufwenden, die Botschaft zu verbreiten. Es wird eine Aufgabe sein, die ziemlichen Spaß macht.«

»Hört, hört«, sagten M'Banga und Gerda wie aus einem Munde.

Sie waren geistig dermaßen miteinander verbunden, daß sie sich einander im Augenblick sehr nahe fühlten, verbunden im Dienste eines geweihten Kreuzzuges.

Draußen, an Deck, schrillte eine hohe pogosanische Stimme. Dann schmetterte eine Muscheltrompete satt und tief.

Inglis zupfte letztmals an dem scharlachroten Stoffetzen, der sich um seine Hüfte schlang. Der gleichfarbene Schulterstreifen, der unter seiner Achsel verlief, schien einigermaßen zu sitzen, aber sobald er die Beinmuskeln in Bewegung versetzte, drohte das schärpenähnliche Ding zu verrutschen und hinabzusinken. Es war zum Wahnsinnigwerden! Er hatte den Versuch unternommen, das Ding an seinen Shorts zu befestigen, aber die Pogosan hatten lautstarke Einwände dagegen erhoben. Die farbigen Flicken, hatten sie ihm verdeutlicht, seien kein Bestandteil der Kleidung, und wenn man sie irgendwie damit verband, büßte man an Majestät ein.

Die Muscheltrompete ertönte erneut.

»Man scheint sich mit der Stadt zu vereinigen«, sagte M'Banga. »Vielleicht sollten wir...«

»Ja.«

Inglis ging auf den Türvorhang zu, schob ihn beiseite und rief nach Hannah, die an ihrem Schrein, der aus den Teilen des Funkgeräts bestand, Wache schob. Hannah, deren weiße Flicken sie als Edelfräulein dritter Klasse auswiesen, lächelte Inglis an. Ihr muskulöser Leib war mittlerweile so braungetönt wie die Holzlafette einer alten Kanone.

»Wenn du willst, Hannah... Kannst du Toni oder Anton zur Wache einteilen...«

Inglis hielt inne. Diese übertriebene Vorsicht war absolut fehl am Platze. »Ich glaube, wir können darauf verzichten, daß jemand das Funkgerät bewacht«, sagte er mit fester Stimme. »Die Pogosan haben bisher nicht den Eindruck gemacht, als seien sie Diebe. Bisher hat jeder ihrer Schritte den Eindruck erweckt, daß Gemeinschaftsbesitz ihnen heilig ist, Hannah. Du kannst die Wache jetzt beenden. Wir nehmen zusammen an der Zeremonie teil.«

»Danke, Roy«, sagte Hannah. Sie schien äußerst erfreut darüber zu sein.

»Ich glaube, du hast wirklich recht, Roy.« Gerda zupfte erneut an ihrer Kopfbedeckung. »Die Pogosan sind grundehrlich. Sie sind, offen gesagt, ein sehr nettes Völkchen.«

Sie begaben sich an Deck. Man hatte sämtlichen Terranern Unterkünfte hinter dem Mast zugewiesen, und der Kapitän des Seglers, ein liebenswürdiger Eingeborener von sanftem Charakter, dessen seidiges Haar an den Spitzen schon leicht ergraute, hatte sich in die Kabine eines niedrigeren Offiziers begeben, damit seine Gäste die größeren Räumlichkeiten im Heckaufbau benutzen konnten.

Angesichts der morgendlichen Brise sog Inglis dankbar die Luft ein. Der Himmel war hellblau; es würde wahrlich ein herrlicher Tag werden.

»Gutes Wetter können wir heute auch brauchen«, sagte er zu M'Banga. Er deutete auf die Stadt, die auf der Leeseite dahintrieb. »Es ist tatsächlich eine Großstadt. Wie viele Schiffe, Hausboote und Flöße halten sich hier auf? Was meinst du, M'Banga?«

M'Banga schaute übers Wasser. »Bestimmt so viele, wie die Stadt an sich ausmachen.«

Wohin man auch sah, überall um sie herum dümpelten hölzerne Schiffe auf den Wellen. Hohe, schlanke Masten wiegten sich auf und nieder. Hunderte von rosafarbenen Vögeln mit schwimmhautbewehrten Füßen und gelben, gebogenen Schnäbeln kreisten kreischend über ihnen. Sie formierten sich wie Bomberstaffeln und stürzten sich in die Tiefe, sobald sich jemand anschickte, irgendwelche Küchenabfälle über Bord zu schütten. Überall flatterten Wimpel und Banner; wohin man auch sah, überall schien man auf hektische Weise beschäftigt zu sein.

Es war ein heller, klarer Morgen, und die Szenerie, die sich vor ihnen ausbreitete, wirkte nicht nur bunt, sondern auch anregend. Man hörte lautes Gelächter und die Klänge von Musik, das Klatschen der Wellen und die Geräusche, die nun einmal zu einem Schiff gehören: das Knarren der Takelage und das Knirschen von Tauen, die irgendwo festgebunden waren.

Gerda richtete Inglis' Aufmerksamkeit wieder auf die unmittelbare Umgebung.

»Da kommt der Kapitän.«

Der kleine Pogosan stellte seine grünen Rangabzeichen deutlich zur Schau. Seine beiden Vorderzähne, die ziemlich lang waren, zeigten einen Ausdruck, der wohl das Äquivalent eines breiten Grinsens sein sollte.

»Der Admiral erwartet euch, Fremde«, sagte er, sichtlich beeinflußt und erregt von den gewichtigen Ereignissen dieses Morgens. Das Wort für ›Admiral‹ war natürlich viel komplizierter und wies in aller Deutlichkeit auf die Form und das Gewicht seines Schwanzes hin. Die Pogosan nannten die Terraner immer noch Fremde. In ihrer Sprache bedeutete das Wort jedoch viel mehr.

»Vielen Dank, Kapitän«, sagte Inglis ruhig. »Sollen wir also jetzt gehen?«

»Wenn es Ihnen nichts ausmacht, Euer Ehren?«

»Mögen die Winde stets günstig für Sie stehen«, erwiderte Inglis und verwendete damit eine Formel, die unter den Pogosan üblich war.

Sie gingen auf die Gehplanke zu, wobei es sich um einen festen Weg handelte, der es erlaubte, daß drei Mann Seite an Seite von einem Schiff der Armada zum anderen gehen konnten.

Die Planke war mit einem geschnitzten Geländer versehen. Jene Pogosan, die in der Stadtmitte lebten, wußte Inglis, sahen das Meer so gut wie nie. Wenn sie von einem Schiff zu einem Hausboot und von dort zu einem Floß überwechselten, genossen sie allerhöchstens den Anblick jener Wasserstellen, die sich zwischen den einzelnen treibenden Einheiten befanden.

Am Ende einer jeden Zusammenfassung von Schiffs- und Bootsleibern erstreckte sich jeweils eine ausgedehnte Ansammlung von Stämmen, die bei Reparaturarbeiten oder im Schiffbau Verwendung fanden. Viele der treibenden Einheiten waren im Grunde nicht mehr als Lagerhäuser, die vollgestopft waren mit Nahrung und Getränken: Wasser, Wein und Brot, Tauwerk, Teer, Nägeln, Leinwand. Sie verfügten über alles, was eine schwimmende Stadt benötigte.

Die Reise zum Zentralfloß, das zwischen den beiden Städten schwamm, fand in großer Würde statt. Je weiter sie kamen, desto mehr hochkarätige Pogosan schlossen sich ihnen an. Rote, grüne und weiße Flicken fingen das Sonnenlicht ein und erzeugten einen beeindruckenden Anblick. Sah man irgendwo etwas Gelbes, war es weit entfernt.

Irgendwo in der Menge hielten sich auch Linda, Sammy und Toni auf. Inglis wäre es am liebsten gewesen, sie hätten mitkommen können. Er verspürte seiner Mannschaft gegenüber eine große Verpflichtung, und die Arbeit, die sie auszuführen hatten, trug noch zu diesem Empfinden bei.

Dieser Welt mußte die Botschaft überbracht werden – und zwar so schnell wie möglich.

Während der Zeremonie würden sie die Rolle von Zuschauern übernehmen. Inglis fand dies akzeptabel. Wenn es ihn auch danach drängte, die Neuigkeit über die vier Höhlen zu verbreiten, wußte er doch, daß es besser war, wenn er soviel wie möglich über die Pogosan erfuhr. Und aus der Tatsache, daß hier zwei Städte aufeinandergestoßen waren, würde er ungeheuer viel lernen.

Das Floß war groß und fest, und es schwamm mit dem beruhigenden Gefühl auf dem Meer, daß auch kein Sturm die einzelnen Stämme auseinanderreißen konnte. Überall flatterten fröhliche Wimpel und Flaggen. Die versammelten Edlen standen Rang für Rang beieinander und ließen in der Mitte eine quadratische Fläche frei, auf die aus zwei Richtungen schmale Gassen zuführten. Die Terraner standen aufgrund ihrer Größe nahe am Wasser und schauten gelassen über die bunte, wimmelnde Menge auf das Zentrum.

Wieder ertönten Muschelhörner. Der Wind ließ die Fahnen knattern. Die See roch sauber und frisch und hatte den Beigeschmack von Abenteuer.

Der Admiral der Stadt, mit der Inglis und seine Leute gekommen waren, ging langsam und mit ehrwürdigen Bewegungen über das Floß, bewegte sich den mit einem Teppich ausgelegten Gäßchen entlang. Ihm folgte ein farbenfroh gekleidetes Gefolge, und vor ihm schritt ein Beamter dahin, der für einen Angehörigen seines Volkes ziemlich groß war.

Dieser Denker der See trug, hoch aufgerichtet vor sich, als handele es sich um ein Banner, den Zweig eines Baumes, an dem frische grüne Blätter wuchsen. Inglis wußte, daß man ihn an diesem Morgen sorgfältig von dem heiligen Baum abgeschnitten hatte, der sich auf dem Schiff des Admirals befand. Eine Kultur, die auf dem Wasser beheimatet war, und mochte sie das Land auch noch so verabscheuen, mußte sich Gewächsen dieser Art gegenüber einfach ehrerbietig erweisen, denn die Bäume ermöglichten ihnen erst den Bau von Schiffen. Sie ermöglichten ihnen ihr gegenwärtiges Leben.

Auf der gegenüberliegenden Seite näherte sich nun der Admiral dieser Stadt. Er machte die gleichen Bewegungen wie sein Kollege, und auch vor ihm wurde ein Zweig hergetragen. Die beiden Gruppen trafen aufeinander. Das Gedröhn der Muschelhörner und Saiteninstrumente schwoll nun zu einem ohrenbetäubenden Lärm an.

Die Stimmen der beiden Admirale wurden deutlich bis in den letzten Winkel des Versammlungsfloßes getragen, und jene, die am Rande standen, gaben sie weiter an die, die sie wiederholten und weitergaben: die städtischen Ausrufer. Und so kam es, daß schließlich jeder in der Stadt erfuhr, was sie zu sagen hatten.

Man begrüßte einander.

Man wünschte einander, daß man gut übers Meer gekommen sei.

Man tauschte Nachrichten aus.

Man kondolierte einander aufgrund von Todesfällen.

Man einigte sich über die Bedingungen von Handelsgeschäften.

Man einigte sich, überschüssige Güter auszutauschen, die es auf beiden Seiten gab.

Später am Abend, wenn die beiden Städte im Licht unzähliger großer Laternen in allen Farben des Spektrums erstrahlten, würde man neue Kontakte schließen, Verlöbnisse bekanntgeben und auch die eine oder andere Eheschließung bestätigen. Vorher dachte keine Stadt daran, sich von der anderen zu lösen. Die Pogosan praktizierten die Einehe – das war schon wundersam genug; noch wundersamer aber war die Tatsache, daß sie, die von Säugetieren abstammten, viele Gemeinsamkeiten mit den Fremden in ihrer Mitte aufwiesen.

Der Anblick des Zusammentreffens zweier schwimmender Städte inmitten des Ozeans und die dadurch freigesetzten Emotionen ließen Inglis auf lebhafte Weise an eine andere Begegnung denken, die im interstellaren Raum zwischen den Vertretern einer anderen weitgereisten Kultur zustande gekommen war – doch die Erinnerung löste sich ebenso schnell wieder auf, wie sie gekommen war. Inglis lauschte weiterhin dem freundschaftlichen Wortwechsel, der im Zentrum des Floßes stattfand.

Sehr bald würde sich der Admiral die Ehre geben, die großartige, herrliche Nachricht zu verkünden. Bald würde er den Bürgern dieser Stadt von den vier Höhlen, ihrer geheimnisvollen Macht und den Ghuläugigen erzählen, die von Rätseln umgeben waren, die äußerst vielversprechend erschienen. Dann würde man auch diese Pogosan zum Frohlocken über die großartige Heimsuchung auffordern. Auch sie würden die Wunder der vier Höhlen schauen und wissen, daß auch sie zu den Auserwählten gehörten, die den Herzen der flaggenschwingenden nebeläugigen Uralten in ihrer unendlichen Weisheit am nächsten standen...

Der Admiral verkündete die frohe Botschaft.

Er verkündete sie mit Worten, die der Situation angemessen waren. Es waren glorreiche und kraftvolle Worte, derer er sich bediente, und sie klangen wie ein metallenes Gedonner – wie an jenem Tag, als der am Himmel hängende Koloß sie ausgestoßen hatte. Und er wiederholte sie mit überschäumender Kraft und Freude und bediente sich einer Rhetorik, die geradezu übermenschlich war. Je länger er sprach, desto größere Erregung bemächtigte sich der Bewohner der Stadt. Sie konnten sich kaum noch zügeln, so sehr hatte er die Atmosphäre beeinflußt und seine Zuhörer in den Bann geschlagen.

Einer nach dem anderen begann mit dem rituellen Tanz, der völlig auf ihre Physiologie abgestimmt war, zu ihren Bräuchen paßte und jeglicher Geilheit entbehrte. Sie ließen ihre massiven Schwänze auf- und niederzukken und hopsten in einem ekstatischen, tranceähnlichen Zustand herum.

Ihr Verhalten glich dem Totentanz des terranischen Mittelalters, obwohl an diesen freudigen Bewegungen absolut nichts war, das auf den Tod hinwies. Man wünschte sich nichts anderes als die Wiederkehr der nebeläugigen Uralten.

Inglis warf Gerda einen raschen Blick zu. Ihr Gesicht wirkte verzückt, ihr Blick war nach oben gerichtet. Die Terraner verfielen diesmal nicht in den wiegenden Rhythmus; sie verspürten nicht den Drang, sich auf gleiche Weise rein körperlich auszudrücken. Irgendwie erheitert erinnerte Inglis sich daran, daß er die anderen an Bord der SWALLOW daran gehindert hatte, es den Pogosan gleichzutun. Wie intolerant er gewesen war.

Wo er auch hinschaute: das Volk schrie. Man sang und tanzte, überließ sich ganz dem starken Gefühl, daß alle beherrschte.

Es war ansteckend. Bald tanzte die ganze Stadt. Die Pogosan tanzten, wo sie gingen und standen, und schwenkten wild ihre Schwänze. Inglis wußte, daß ihr

Verhalten Parallelen zu einem anderen aufwies; er erinnerte sich vage an gewisse Versammlungen in kleinen Gebäuden mit bunten Glasfenstern und einem hohen Turm. Aber dies war das Hier und Jetzt; hier waren die See und die freundlichen Meeresbewohner, die tanzten, weil die Botschaft sie erreicht hatte.

Er schaute auf. Er wußte, daß der Tanz Dinge ankündigte, die die Welt erschüttern würden, und er glaubte, jeden Augenblick müsse aus dem Nichts ein langer, dunkler Umriß materialisieren.

Obwohl die Terraner nicht tanzten, fielen sie in den Gesang ein, der für sie eine Art Nachbeten war. Inglis bat die Besucher mit lauter Stimme, sie möchten zurückkehren, um alle Gläubigen zu den Wundern und Wonnen zu führen, die die vier gelobten Höhlen versprachen.

Der wilde Tanz wies jedoch nicht die bannende Wirkung auf, der den ersten ausgezeichnet hatte – aber das war nur natürlich, und zu erwarten gewesen. Schließlich waren *Sie* nicht persönlich anwesend, um das Frohlokken zu leiten.

Aber sie würden wiederkommen.

Sich dessen durchaus bewußt, was er tat, ließ Inglis seinen innersten Gefühlen freien Lauf und fiel in das Geschrei der anderen ein.

»Kommt zurück«, sangen sie. »Kommt zurück, o ihr Bösen, zu schaun auf eure gläubigen Lämmer.«

»Die *Bösen«*, sagte Admiral Gus Rattigan. »Also, wenn du mich fragst, ist das eine äußerst kindische Bezeichnung! – Ich hoffe, ich trete dir damit nicht zu nahe.«

Dick Myrtle sah seinen Chef vom anderen Ende des Raumes her an und fragte: »Warum denn, Gus?«

»Diese Bezeichnung verleiht ihnen zuviel Kraft. Damit erschreckt man kleine Kinder. Sie bedeutet mehr als sie aussagt. Es handelt sich um eine fremde Rasse, die auf irgendeinem gottverlassenen Planeten irgendwo in der Galaxis beheimatet ist. Sie schießen auf unsere Schiffe und sorgen ganz allgemein für Durcheinander. Es gibt nichts, womit wir nicht fertig werden könnten, auch wenn wir momentan unter Druck stehen.« Er zupfte an seinem edelsteinverzierten Ohrläppchen. »Inzwischen müßten wir auch schon etwas von Baylis gehört haben«, fügte er in einem leicht nörgelnden Tonfall hinzu.

»Vielleicht hat Admiral Baylis' Einsatzkommando die letzte Kontaktposition nicht gefunden«, erwiderte Myrtle gelassen.

»Nun, dann hätte er sich halt mehr Mühe geben sollen. Wir haben allein in diesem Monat zwanzig friedliche Handelsschiffe dort draußen verloren. Irgend jemand muß ja schließlich dafür verantwortlich sein. Ich glaube nicht, daß die Schiffsratten dafür zuständig waren.«

Schweigen breitete sich in seinem großen Arbeitszimmer im Herzen des CDB-Gebäudes aus. Seit die Fremden dazu übergegangen waren, die Schiffe der Erde offen anzugreifen, hatte die Raummarine mehr zu tun als ihr lieb war. Selbst das CDB, das schließlich eine unabhängige Behörde war, hatte der Marine sämtliche Schiffseinheiten zur Verfügung gestellt. Ständig waren Männer im interstellaren Raum unterwegs; sie waren bereit, für den Besitzstand ihres Sternenreiches zu kämpfen. Aber es sah nicht danach aus, als würde man die Kampfhandlungen bald einstellen können.

Eine kleine Welt wie die Erde – selbst wenn man jene Planeten hinzuzählte, mit denen sie freundschaftlich verbunden war, war viel zu winzig und zu schwach, um auch nur den Gedanken ins Auge zu fassen, jeden existierenden Planeten ausfindig zu machen, zu kartographieren und zu kolonisieren. Ihre Zivilisation beschränkte sich schließlich nur auf einen winzig kleinen Teil der Milchstraße.

Es gab so viele Sterne, so viele Planeten. Millionen und Abermillionen. Keine einzelne Welt würde es schaffen, mit derart astronomischen Zahlen umzugehen. Also hatte man sich das Aussaatprojekt ausgedacht. Und nun war die Gefahr, die zur Gründung des CDB geführt hatte, da. Es gab keinen Zweifel. Die Lage war dringlich. Und sie konnte sich als tödlich erweisen.

Sowohl Rattigan als auch Myrtle war klar, daß nicht einmal ihre Kindeskinder das Ende dieses Problems miterleben würden.

Die Aussicht war niederschmetternd.

Eine Antwort auf dieses Problem – die einzige, die wenigstens einen langfristigen Erfolg versprach – hatte darin bestanden, das Aussaatprojekt zu beschleunigen. Inzwischen waren Tausende von neuen Propheten zu ihren Bestimmungsorten auf noch unentdeckten Planeten unterwegs.

Rattigan hob den Kopf von seinen Unterlagen. »Würde wenigstens Baylis eine Meldung abgeben!« Er stand auf und ging vor Myrtle auf und ab.

Myrtle, der ihn verständnisvoll musterte, hüllte sich in Schweigen.

»Es ist lebenswichtig für uns, daß wir ihren Heimatplaneten ausfindig machen!« sagte Rattigan. »Die bisherigen Kontakte, die wir mit ihren Schiffen hatten, müssen uns doch irgendwelche Spuren finden lassen. – Baylis muß sie finden! Immerhin sind die Chancen, etwas von ihnen zu sehen, jetzt viel größer als seinerzeit... als wir unseren Freund Inglis auf die Jagd schickten. Damals hatten wir praktisch nichts, an das wir uns klammern konnten. Jetzt ist die Lage völlig anders, und wir haben zahlreiche Schiffe dort draußen. Wir *müssen* sie einfach aufspüren!«

»Ja«, stimmte Myrtle ihm zu. »Seit Roy gegangen ist, haben sich die Zeiten wirklich geändert.« Er schüttelte den Kopf. »Es ist wirklich schade um ihn.«

Rattigan grunzte etwas. Dann sagte er: »Ja, es ist in der Tat schade um ihn. Wir haben wirklich Perlen vor die Säue geworfen. Roy war wirklich ein ausgezeichneter Mann. Er hätte eine Riesenkarriere machen können.« Er klopfte sich auf die Schulter. »Das heißt, wenn seine Frau ihn gelassen hätte. – Also, eine *echte* Tochter des alten Jack Chalmers-Wong-Berkeley ist sie nicht. Ganz gewiß nicht.«

»Ich habe gehört, daß die Scheidung schon ausgesprochen wurde.«

»Sollte Roy je davon hören«, brummte Rattigan, »wird er nach dem ersten Schock gewiß in Jubel ausbrechen. Darauf gehe ich jede Wette ein. Er ist nie der Typ gewesen, der den lieben langen Tag am Schreibtisch hängt. Zumindest war er *dafür* noch zu jung.«

Rattigan stampfte eine ganze Weile energisch vor sich hin und sagte dann: »Und das gleiche gilt auch für mich, und da kannst du Gift drauf nehmen!«

»Die Prophetenproduktion läuft ziemlich langsam ab«, warf Myrtle zurückhaltend ein.

Rattigans Gedanken bewegten sich jedoch noch immer auf der gleichen Schiene. »Und die SWALLOW«, sagte er, »könnten wir jetzt ebenfalls gut brauchen!«

Das Interkom summte. Rattigan und Myrtle wandten sich dem Gerät zu. Die Vorzimmerdame sagte: »Cyrus

Fodor möchte Sie sprechen, Sir.«

Rattigan sagte: »Was will er denn ausgerechnet jetzt?« Doch dann, nachdem er sich etwas beruhigt hatte, erteilte er die Anweisung, den Verteidigungsminister zu ihm durchzustellen. Das Gespräch, das auf ihn zukam, paßte ihm überhaupt nicht in den Kram.

Fodor kam sofort zur Sache.

»Hallo, Gus«, sagte er. Seine dunklen, tiefsitzenden Augen und fotogenen Züge beeindruckten Rattigan nicht im geringsten. Er wußte, daß dieser Mann gerissen, mitleidlos und nur auf seinen eigenen Vorteil bedacht war. »Ich möchte gern mit Ihnen die gegenwärtigen Angelegenheiten und den Zustand des CDB diskutieren«, fuhr Fodor fort.

»Gewiß, Cyrus«, sagte Rattigan. »An was hatten Sie dabei konkret gedacht?«

»An den Aufwärtstrend Ihrer Rekrutierungszahlen, Ihre Einsätze, Ihre Materialanforderungen und den Zustand der Marine im allgemeinen.«

Rattigan wußte nun, worauf er hinauswollte. »Der Marineinspekteur hat sich mit der Teilung der Zuwendungen einverstanden erklärt, Cyrus«, begann er, »und ...«

»Nur, daß es inzwischen keine Frage der Zuteilungssummen mehr ist, Gus«, fuhr Fodor dazwischen. »Es geht jetzt um die Frage, was das Sternenreich aushalten kann. Wir brauchen jeden Mann und jedes Schiff, um sie davon abzuhalten, diesen Teil der Galaxis zu überschwemmen. Niemand führt gern einen Krieg. Niemand will einen Krieg. Und wir haben seit sehr langer Zeit keine Kriege mehr geführt. Aber jetzt, wo wir nun einmal einen am Hals haben, werden wir so verfahren wie unsere Ahnen. Wir gehen mit allem Ernst an die Sache heran und gewinnen sie.«

»Einverstanden«, sagte Rattigan. »Und das CDB trägt in hohem Maße dazu bei, daß...«

»Das glaube ich nicht, Gus.«

Rattigan hielt sich nur mit Mühe zurück. »Wenn Sie mir das mal etwas näher erklären könnten, Cyrus«, erwiderte er, »wäre ich möglicherweise sogar fähig, Ihnen geistig zu folgen.«

»Es ist ganz einfach«, sagte der Minister. »Wir können nicht in gleichem Maße die Zuwendungen für CDB und Raummarine erhöhen. Einer von beiden muß einen Rückzieher machen.«

Dick Myrtle, dessen Gesicht glücklicherweise auf keinem Bildschirm zu sehen war, sah Rattigan mit ungläubig heruntergeklapptem Unterkiefer an. Er schien seinen Ohren nicht zu trauen.

Rattigan sagte einigermaßen vernunftbetont: »Das CDB engagiert sich jetzt schon seit ziemlich langer Zeit für das Aussaatprojekt, Cyrus. Wir haben in einem gewissen Maß alle Sonnensysteme – von Sol ausgehend – nach einem festgelegten Plan abgegrast. Eine unglaubliche Menge Geld, Material und Anstrengungen sind in dieses Programm investiert worden, das sich Männer ausgedacht und fortgeschrieben haben, die wußten, wovon sie redeten. Seither ist das Programm von jeder nachfolgenden Regierung bestätigt und gutgeheißen worden. – Ich sehe also keinen Grund, daß die Gültigkeit dieses Denkens jetzt plötzlich einen Scheißdreck wert sein soll.«

»Die Lage hat sich geändert...« begann Fodor.

»Natürlich hat sie sich geändert!« blaffte Rattigan. »Sie sieht jetzt so aus, daß uns das Wasser fast bis zum Hals steht! Wir sehen uns einer Situation gegenüber, die wir erst in ungefähr eintausend Jahren erwartet haben!«

»Und deswegen«, führte der Minister aus, »müssen wir unser Denken der neuen Lage anpassen.«

»Ich nehme an«, sagte Rattigan schwer, »daß Sie davon ausgehen, daß unsere Vorgehensweise schon deswegen grundlegend falsch war, weil wir uns der Krise schon jetzt gegenübersehen – und nicht erst in tausend Jahren, wie? – Ja, glauben Sie denn, daß diese eine Fehlberechnung auch alle anderen ungültig werden läßt?«

Cyrus Fodor sagte einfach: »Ja, Gus. Genau das sind meine Vorstellungen.«

»Dann sage ich Ihnen jetzt, daß Sie sich irren«, erwiderte Rattigan. »Das CDB ist die beste Waffe, die die Erde gegen die Fremden, die nach unserer Kehle schnappen, ins Feld führen kann. Ihre Angriffe können wir uns mit der Marine vom Halse halten. Und wenn wir ihr Heimatsystem ausfindig gemacht haben, wird sich das Blatt wenden. Dann werden wir diejenigen sein, die zuschlagen...«

»Aber nicht mit der Marine, die wir jetzt haben, Gus. Wir brauchen die Männer, Schiffe und Materialien, die Sie für das CDB beanspruchen.«

»Ich halte diese Politik für kurzsichtig«, setzte sich Rattigan zur Wehr. »Es könnte durchaus sein, daß es hinter jenen Fremden, die uns attackieren, noch andere gibt. Was geschieht, wenn sie sich auch noch einmischen?«

»Wir müssen die Bösen mit allem bekämpfen, was uns im Moment zur Verfügung steht«, sagte der Minister.

»Aber das CDB...«

»Das CDB«, sagte der Minister, »bleibt für mich eine wenig überzeugende Waffe. Sie haben nicht mal einen Beweis, daß es die Aufgabe, die zu erfüllen es geschaffen wurde, auch tatsächlich erfüllt.«

Rattigan blieb nichts anderes übrig, als sich den Wahrheitsgehalt dieser Worte einzugestehen.

»Aber man könnte beweisen...«

»Bevor Sie nichts anderes tun können als die Behauptung aufzustellen, daß das CDB und der Prophetenabwurf Dividenden abwerfen, können Sie mich nicht überzeugen.«

»Na schön«, sagte Rattigan. »Dann setzen wir eben

ein Schiff zu irgendeinem Planeten in Marsch und liefern Ihnen den Beweis.«

»Aber das würde...« Myrtle, der entsetzt aufgesprungen war, murmelte etwas von »Ruin«.

»Was ist schon ein Planet unter so vielen«, sagte Fodor. Er war müde und reizbar. »Wir brauchen *jetzt* Verbündete – nicht in irgendeiner fernen Zukunft.«

»Was wiederum *mich* nicht überzeugt«, sagte Rattigan. »Ich bin immer noch der Meinung, daß das Sternenreich auch jetzt mit den Fremden zurechtkommen kann. Und später, wenn es in der Zukunft zu größeren Gefahren kommen sollte – und dies wird unausweichlich sein –, wären wir auf alles vorbereitet.«

»Liefern Sie mir Ihren Beweis, Gus«, sagte Fodor. »Dann reden wir noch einmal darüber. Doch so, wie die Lage sich jetzt darbietet, werde ich der Regierung empfehlen, die CDB-Mittel drastisch zu beschneiden.«

Der Bildschirm wurde wieder grau.

»Dieser engstirnige Klotzkopf!« explodierte Rattigan. »Von sämtlichen matschhirnigen, triefnasigen und abgestumpften Politikern ist er der...«

»Wir müssen ihm diesen Beweis liefern, Gus«, sagte Myrtle ernüchtert. »Wenn wir es nicht schaffen, bringt er das gesamte Projekt zum Erliegen. Dann wird es überhaupt nicht mehr zu Prophetenabwürfen kommen. Zu keinem einzigen mehr.«

Die Treffen mit anderen Pogosan-Städten wiederholten sich in den nachfolgenden Wochen noch dreimal. Die schwimmende Stadt, auf der Inglis und seine Mannschaft in aller Fröhlichkeit lebten, bewegte sich mit zunehmendem Fortschritt nach Osten, und ein jeder an Bord erfreute sich an dem Gedanken, daß die Botschaft ständig weiterverbreitet wurde.

Jede neue Stadt, auf die man stieß, erlebte eine Wiederholung jener Ereignisse, die schon auf der ersten Reise stattgefunden hatten. Die Botschaft von den vier Höhlen und der sehnsüchtig erwarteten Rückkehr der Bösen machte immer weiter ihre Runde um den Planeten.

Bald, hoffte Inglis, würde die Nachricht sich über die ganze Welt verbreitet haben. Alle würden von den Bösen wissen, und sämtliche Pagosan würden nur noch frohlocken und sich rituellen Tänzen hingeben.

Und wenn das geschehen war, dachte er brütend, während er das zerlegte Funkgerät beiläufig aus den Augenwinkeln musterte, würden sie sich daranmachen, die frohe Kunde auch auf anderen Planeten zu verbreiten. Schließlich konnte die Nachricht vom Erscheinen der Bösen nicht nur auf einen kleinen Planeten beschränkt bleiben, wenn es in der Galaxis noch so viele Welten gab, die dringend des Wortes bedurften.

Die Pogosan waren keine kriegslüsterne Rasse. Sie fischten zwar, um sich zu ernähren, aber an der zögerlichen Art, mit der sie ihre einmal gefangene Beute behandelten, erkannte man, daß sie sich bei derlei Tätigkeiten stets etwas dachten. Sie verfügten auch nicht über Waffen, die dazu dienten, sich untereinander zu bekämpfen.

Natürlich gab es auch in den schwimmenden Städten hin und wieder Fehden und Streitigkeiten – so etwas ließ sich nie ganz vermeiden –, aber meist wurden sie im

Gespräch oder mit einem Schwanzwedeln beigelegt. Kam es jedoch dazu, daß die Kontrahenten die Beherrschung verloren und sich Schmerzen zufügten, geschah dies, indem sie mit den Schwänzen aufeinander einschlugen – und zwar so lange, bis einer der beiden nicht mehr konnte und einlenkte.

Vom Standpunkt der Terraner her war es merkwürdig, daß die Buge der einzelnen Segler niemals aufgemalte Augen zeigten. Obwohl die Schiffe der Eingeborenen reich verziert waren und zahlreiche Ornamente, bunte Malereien, entzückendes Schnitzwerk und viele farbenprächtige Laternen aufwiesen, sah man an keinem Bug je ein Auge – als wolle man verhindern, daß die Schiffe sehen konnten, wohin die Reise ging: durch welche gefährlichen Zonen und an welchen Wassergeistern man vorbeikam. Auf terranischen Schiffen, fiel Inglis ein, hatte es immer Bugaugen gegeben, bei welcher Kultur auch immer – ob auf griechischen Triremen oder chinesischen Dschunken.

Die Pogosan waren ein materialistisches Volk. Bei der begierig-freudigen Aufnahme der großartigen Neuigkeit, die die Bösen ihnen gebracht hatten (was sie naturgemäß stark beschäftigte), war es für die Terraner nur natürlich gewesen, diesen simplen Aspekt des facettenreichen Charakters der pogosanischen Existenz völlig außer acht zu lassen. Aber dies bedeutete, daß die Pogosan, als sie sich endlich die Existenz von Kräften und Geistern außerhalb des eigenen Körpers und Verständnisses vergegenwärtigt hatten, diese Neuigkeit sofort verinnerlichten.

Man rechnete stündlich mit der Wiederkehr der Besucher und wartete begierig darauf, sich ihnen und ihren nebeläugigen Uralten auf der großen Reise zu den vier Höhlen anzuschließen.

Was ihre Wiederkehr und die Reise konkret bedeuteten, wußte Inglis freilich nicht, und so verbrachten er,

M'Banga und Gerda zahlreiche Stunden damit, in gütlicher Eintracht über diese Frage zu diskutieren. Schließlich gesellte sich auch Ranee zu ihnen. Auch Hannah schloß sich überraschenderweise der Diskussion an und brachte ihre praktische Weisheit und ihr sachliches Verhalten in das Gespräch mit ein. Sie war der Ansicht, daß die Bösen irgendwann in ferner Zukunft mit ihrem Raumschiff zu dieser Welt zurückkehren und die sorglos-glücklichen Eingeborenen mit ganzen Ladungen wissenschaftlicher Errungenschaften vertraut machen würden. Dann würde sich die hiesige primitive Zivilisation in eine technologische verwandeln.

M'Banga war sich da nicht so sicher. Er hatte das Empfinden, daß mehr hinter der Sache steckte. Er habe, sagte er, eine positive Aura der Verheißung verspürt, die die vier Höhlen ausstrahlen würden, wenn man fleißig sei. Als Gerda ihn in aller Höflichkeit befragte, mit welcher Art Fleiß die Pogosan es wohl zu einem großen interstellaren Imperium bringen würden, konnte M'Banga ihre Frage freilich nicht beantworten. Dennoch blieb er bei seiner Ansicht.

Sammy und Linda sah man nur selten außerhalb der offiziellen Termine, die zur Einnahme einer Mahlzeit, der Arbeit am Schiff und den Haushaltsverpflichtungen vorgeschrieben waren. Toni sah man hingegen nur selten außerhalb des Wassers. Sie war eine geschmeidig-goldene Fee, die jeden freien Augenblick nutzte, um sich auf der gewaltigen, aus Stämmen bestehenden Plattform am Heck der Stadt sportlich zu betätigen. Man konnte sie so wenig fassen wie Quecksilber.

Doch was ihnen allen gemeinsam war, war das Verlangen, die Botschaft der Bösen zu verbreiten – diesen Planeten mit einem Armada-Gürtel aus schwimmenden Städten zu umziehen, die allesamt die Nachricht weitertrugen. Und dann mußten sie das Subraum-Funkgerät betätigen und weitermachen.

»Meinen Berechnungen zufolge«, sagte Inglis an einem silberhellen Morgen zu Gerda, als eine salzige Meeresbrise die Segel und einzelnen Abschnitte der Stadt in magischen Strahlen ertränkte, »müßten wir uns jetzt in dem Gebiet befinden, das wir fotografiert haben. Und was Commander Varese angeht...«

»Ich hoffe, er ist in Sicherheit«, sagte Gerda gefühlsbetont. Sie trug zwar immer noch die grüne Kopfbedekkung, die ihr Haar bedeckte, doch der Rest der Fetzen, mit denen sie bekleidet war, zeigten mehr als sie verhüllten. »Und das gleiche wünsche ich auch dem Mann, der alles verursacht hat. Diesem Abdul Sowieso. Ich frage mich, wie's ihm ergangen ist.«

»Ich weiß gar nicht mehr genau, warum er überhaupt hier heruntergekommen ist«, sagte Inglis und starrte gedankenverloren auf den Wald aus Masten und Segeln, die sich draußen ausbreiteten. »Wenn er dort geblieben wäre, wo er hergekommen ist und seinen Grips eingesetzt hätte, hätte er doch viel mehr bewirken können.«

Gerda sagte bestätigend: »Von welchem Schiff er auch gekommen ist; er hätte mehr tun können, wenn er an Bord geblieben wäre.«

»Stimmt.« Inglis verspürte ein Gefühl zunehmender Entrüstung. »Warum ist er überhaupt hier gelandet? Denk doch nur mal an die Möglichkeiten, die er dort draußen auf einem Raumschiff gehabt hätte! Er hätte von einem Planeten zum anderen ziehen und überall die Botschaft verbreiten können – so wie wir es hier tun, von Stadt zu Stadt.«

»Ja«, sagte Gerda. Sie zog ihre Nase kraus. »Doch irgendwie... irgendwie habe ich da so eine komische Erinnerung... als wäre er gar nicht freiwillig hier gelandet... so wie wir. War da nicht ein Unfall oder so was in der Art?«

»Unfall?«

Inglis hielt inne, um darüber nachzudenken. »Ich

kann mich an irgendwelche Einzelheiten nicht mehr erinnern«, erwiderte er dann etwas brüsk. »Aber sie sind doch wohl auch nicht wichtig.«

Gerda nickte lachend. »Das kann man wohl sagen!«

Von den Ausguckposten kamen hohe, aufgeregte Schreie. Die Nachricht verbreitete sich: Man hatte schon wieder eine Stadt gesichtet! Eine Stadt, die nun rasch auf sie zukam und gegen den Wind segelte. Inglis wußte, daß dies einen wichtigen – und zwar einen äußerst wichtigen – Grund haben mußte. Auf der sich nähernden Stadt mußte etwas passiert sein.

Denn eine sperrige Masse wie eine schwimmende Stadt segelte nur dann vor dem Wind, wenn sie aus irgendwelchen Gründen dazu gezwungen war.

Eine leichte Erregung erfaßte ihn. Vielleicht war Commander Varese mit seinem Beiboot in der Stadt gelandet, die sich ihnen dort näherte?

Die Terraner schritten über die Verbindungsplanken, auch wenn die rollende See sie zu einem schwankenden Gang verurteilte. Sie hielten auf die äußersten Schiffe und Hausboote zu. An der dortigen Reling wimmelte es bereits von Pogosan, so daß die Terraner sich ihrer Körpergröße glücklich schätzen durften, um überhaupt etwas zu sehen. Sie schauten über die seidenhaarigen Köpfe hinweg übers Meer und blickten auf die Stadt, die den Horizont bedeckte.

»Ist *die* groß«, sagte Gerda bewundernd und zog an ihrem Kopftuch, damit der Wind es nicht fortzerrte. »Viel größer als unsere Stadt.«

»Eine sehr große Stadt«, sagte M'Banga zufrieden, »die wir bekehren können.«

Die sich nähernde Stadt hatte die Segel gebraßt; der weiße und bunte Stoff fuhr auf und nieder, als hätte ein riesiger Vogelschwarm plötzlich seine Richtung geändert, angetrieben von einer magischen Kraft, die jeden wie den anderen reagieren läßt. Das brüllende Gedröhn der Muschelhörner setzte sich fort. Die Trompeten schmetterten. Die Pogosan riefen. Die beiden Städte hielten aufeinander zu, der helle Wasserstreifen, der noch zwischen ihnen war, wurde immer kleiner. Der Tag war hell und klar, und das Sonnenlicht wurde von den Wellenbergen und jedem noch so kleinen Stück Metall zurückgeworfen.

Die Stoßdämpfer bekamen Kontakt. Sie berührten einander, stießen sich zurück, schoben sich erneut aufeinander zu.

Taue flogen durch die Luft, landeten auf geschrubbten Böden, wurden ergriffen und befestigt. Die Pogosan taten alles, um die beiden Städte miteinander zu vertäuen. Es gab niemanden, der nicht leicht schwankte, als schließlich der letzte Kontakt gemacht wurde. Die schwimmenden Städte waren auf dem sich bewegenden Wasser aneinandergekoppelt worden.

Inglis musterte die fremde Stadt eingehend. Wenn es bisher zu einem städtischen Kontakt gekommen war, hatte er noch nie über Vareses Verbleib nachgedacht, aber jetzt gab es eine große Chance, daß der Commander in dieser Stadt heruntergekommen war. Vielleicht war er tatsächlich an Bord und wartete auf den Rest seiner Mannschaft. Vielleicht machte er sich die größten Sorgen, was wohl mit ihnen geschehen war. Möglicherweise hielt er sich und seine Leute für verloren, vielleicht glaubte er, für alle Zeiten hier gestrandet zu sein, ohne auch nur im geringsten zu ahnen, daß seine Funkanlage in Verbindung mit den Teilen, die man aus der SWALLOW geborgen hatte, es ermöglichte, einen Hilferuf abzusenden.

»Wenn Varese uns sieht«, sagte er, »wird es ihn schier umhauen.«

»Falls er sich in dieser Stadt aufhält, Roy. Du klingst recht überzeugt.«

»Bin ich auch. Wenn er nicht in dieser Stadt ist, ist er

vielleicht in der nächsten.«

Aber es gab keinen Grund, zu warten. Eine patschnasse Meerjungfrau schwang sich über die Reling und winkte ihnen wild und aufgeregt mit der Hand zu. Toni schob sich eifrig durch die schnatternden Pogosan. Ihr schlanker Körper nahm übrigens immer mehr Formen an. Sie schüttelte sich das Haar aus dem Gesicht.

»Sie sind da!« schrie sie. »Der Commander und seine Leute! Und der Walfänger auch. Sie haben ihn mitten in der Stadt angebunden!«

»Gepriesen seien die Bösen!« sagte Inglis laut.

Die unausweichlichen Verzögerungen waren für jeden eine Quelle der Frustration. Aber man mußte den Formalitäten natürlich Genüge tun. Das Zentralfloß mußte an Ort und Stelle gebracht werden. Dann wurden die Teppichläufer ausgerollt. Die offizielle Prozession fand statt. Dann kamen die Beamten mit den grünen Zweigen der heiligen Bäume. Die Versammlung der Edlen wurde mit allen gebührenden Zeremonien durchgeführt. Inglis und die Terraner warteten schon eine geraume Weile, als der Admiral endlich auftauchte. Wo steckte Commander Varese? Jeder reckte den Hals.

Den Walfänger der SWALLOW konnten sie sehen. Das kleine Raumschiff, das problemlos interplanetarische Flüge meistern konnte, lag ruhig wie ein stromlinienförmiger Fisch zwischen einem Krebsschwarm da. Man rief und winkte, doch eine Antwort gab es nicht. Schließlich waren beide Admirale zur Stelle, grinsten sich mit vorstehenden Zähnen an und begannen mit der Zeremonie.

Inglis fragte sich fortwährend, wo Varese wohl stekken mochte. Als scharlachroter Edelmann stand er von den Grünen nicht weit entfernt. Aber er sah, daß Gerda und M'Banga ihre besorgten Blicke zwischen ihm und dem Walfänger hin- und herhuschen ließen. Na ja, vielleicht hatten die Pogosan, die diese gewaltige Stadt bevölkerten, das Beiboot ja auch im Meer treibend gefunden. Was war, wenn sie es leer vorgefunden hatten? Vielleicht waren Varese und seine Leute längst tot?

Der Gedanke behagte Inglis ganz und gar nicht, und so beschloß er, ihn auf die Zeit nach dem Ende der Zeremonie zu verschieben. Die Admirale waren im Moment damit beschäftigt, einander mit Herzlichkeiten zu überschütten. Es konnte nun jede Minute dazu kommen, daß der ihrige dem anderen von den Wundern der vier Höhlen und der versprochenen Wiederkehr der Bösen berichtete. Und das war natürlich wichtiger. Sofort hatte Inglis Varese aus seinem Geist verbannt.

Die Pogosan, die ihn umgaben, bewegten sich schon in froher Erwartung hin und her und wackelten verhalten mit dem Hinterteil. Inglis hörte, wie der Admiral der anderen Stadt anhub, schon wieder eine Geschichte zu erzählen, die ihm und den seinen während der Reise widerfahren war. Ungeduld packte ihn. Warum beeilte sich der Bursche nicht? Was sie ihm zu bieten hatten, war doch viel wichtiger!

Der fremde Admiral sagte: »Das seltsame Schiff da haben wir gefunden, und es hatte seltsame Lebewesen an Bord, die uns völlig unbekannt waren. Ich sehe jedoch, daß sich bei euch Geschöpfe aufhalten, die ihnen sehr ähnlich sehen.«

Inglis spitzte die Ohren, auch wenn ihn jetzt das unbändige Gefühl überkam, daß der Tanz gleich – wenn der andere Admiral *es* aussprach – losgehen würde. »Sie sind in der Stärke einer Schwadron von Bord gegangen, um jemanden zu holen, der vor ihnen hier war. Ich erwarte, daß ich ihre Segel morgen wiedersehe.«

Jetzt verstand Inglis. Varese hatte sich ein paar Schiffe der Pogosan ausgeliehen – für die Denker der See war dies eine ganz normale Sache – und war aufgebrochen, um Abd el-Malik ibn-Zobeir zu suchen. Morgen! Dann würde er eben morgen erfahren, daß er nicht auf diesem Planeten gestrandet war.

Morgen konnte Varese den Funkoffizier und die Techniker, die seinem Kommando unterstanden, anweisen, die Funkanlagen zusammenzubauen. Morgen konnte Varese die große Neuigkeit erfahren – die frohe Botschaft von den vier Höhlen, die die Bösen ihnen überbracht hatten.

Morgen würde ein großer Tag werden.

12. Kapitel

Der nächste Tag stellte sich tatsächlich als großer Tag heraus – aber nicht deswegen, weil Commander Varese und seine Leute von der Swallow auftauchten.

Sobald es sich nach dem Tanz und dem großen Frohlocken, das der großartigen Neuigkeit über die Bösen folgte, ermöglichen ließ, begaben sich Inglis und seine Leute in aller Würde an Bord des Walfängers. Das kleine Schiff war in absolutem Bestzustand zurückgelassen worden; alles blitzte vor Sauberkeit und wies auf sorgfältige Behandlung hin.

»Also hat es zumindest keine Panik an Bord gegeben«, sagte M'Banga mit offensichtlicher Befriedigung.

»Hättest du etwas dergleichen erwartet?« fragte Gerda ihn.

»Nu-un«, erwiderte M'Banga gedehnt. »Im Grunde wohl nicht. Nicht, wenn ein Mann wie Varese das Kommando geführt hat. Aber es muß ein ganz schöner Schock für sie gewesen sein, als sie sahen, wie ihr Schiff im Raum in Fetzen geschossen wurde und dann abstürzte, um …«

»Das ist auch irgendwie komisch«, warf Inglis ein. »Ich meine, man sollte doch annehmen, daß sie alle Anstrengungen unternommen hätten, um nach uns zu suchen.«

»Vielleicht haben sie es ja auch getan.« Renee gab sich kühl und gelassen wie immer. »Immerhin waren wir ja nur ein winzig kleines Objekt in einem ziemlich großen Meer. Auch wenn sie nach uns gesucht haben – ihre Ortungsgeräte hätten uns durchaus verfehlen können.«

»Tja«, sagte Sammy, dem jetzt einzufallen schien, daß er Ortungstechniker von Beruf war, »so hat's schon gewesen sein können. Ich war ja schließlich nicht an Bord.«

Linda zog ihn mit seiner Antwort auf, und die beiden fingen an, sich zu balgen. Toni rief: »He, ihr beiden! Paßt auf, daß ihr nichts kaputtmacht!« Sie ließ ihr Bündel zu Boden sinken und maß die beiden Spaßvögel mit einem finsteren Blick.

»Linda«, sagte Gerda ablenkend, »kannst du dir bitte mal dieses Schaltdiagramm ansehen?« Sie deutete auf das aufgeschlagen auf der Werkbank liegende Handbuch. »Ich glaube, wir sollten es auf ein Brett montieren.«

Linda ließ Sammys Haar los und ging zur Werkbank. Sie war im Grunde kein schlechter Kerl, fand Inglis; es war nur so, daß das Leben an der frischen Luft, das sie übers weite Meer getragen hatte, sie alle ein wenig undisziplinierter hatte werden lassen. Wenn Varese wieder auftauchte, mußte hier wieder eiserne Disziplin herrschen. Man mußte äußerst vorsichtig mit diesem Mann umgehen, daran gab es nichts herumzudeuteln.

Toni und Sammy machten sich auf den Weg, um eine weitere Ladung der Teile heranzuschaffen, die Hannah inzwischen wieder bewachte. In diesem Stadium konnten sie es sich nicht mehr leisten, noch in letzter Minute etwas zu verlieren.

Gerda schaute auf. Ein Schmutzfleck auf ihrer Wange ließ ihren Blick noch strahlender erscheinen, und sie hielt den Lötkolben dermaßen beiläufig fest, daß Inglis sich vor Entsetzen krümmte. Ein Büschel dunklen Haars fiel ihr über die Augen. Als sie es spürte, strich sie es mit der freien Hand zurück und machte eine schuldbewußte Miene.

Inglis fragte sich verwundert, warum sie soviel Aufhebens darum machte, daß ihr Kopfputz an der richtigen Stelle blieb.

Gerda blickte auf das Funkgerät, das sie gerade beschädigt hatte, als warte sie darauf, daß es sich wieder von selbst reparierte.

»Commander Varese wird ganz schön von den Sokken sein, wenn er zurückkehrt, Roy«, sagte sie.

»Ähem«, machte Inglis. Dann fügte er hinzu: »Sie haben mit Ihrer Annahme vermutlich recht, Leutnant Bergquist.«

»Häh?« machte Gerda.

M'Banga schaute auf. Dann schien er zu verstehen. »Oh, Mann!« rief er aus. »Glaubst du, er würde was dagegen haben, wenn wir ihn Luigi nennen?«

»Ich könnte mir vorstellen«, sagte Inglis, »daß er eine *ganze Menge* dagegen haben könnte.«

»Na, ich weiß nicht«, sagte M'Banga. »Er ist ein ausgezeichneter Seemann. Ich bin schon unheimlich oft mit ihm gesegelt, weißt du? Er könnte es auch positiv aufnehmen.«

»Tja«, sagte Gerda, die sich wieder ihren Instrumenten widmete. »Du mußt's ja schließlich wissen.«

»Das komische, Gerda-Schatz, ist, daß ich es eben nicht weiß«, erwiderte M'Banga.

»Nun«, warf Inglis ein, »vielleicht sollten wir uns darüber erst den Kopf zerbrechen, wenn es an der Zeit ist. Im Augenblick, glaube ich, sollte unsere Haupttätigkeit darin bestehen, das Funkgerät zusammenzubauen und einen Hilferuf abzustrahlen.«

Es war eine Aufgabe, die sie alle stark in Anspruch nahm, und jeder zeigte das größte Interesse, irgendwo Hand mit anzulegen, selbst wenn manche von ihnen nicht mehr tun konnten, als sich als Schlepper zu betätigen und Gerda und Linda die Werkzeuge anzureichen, die sie für die Arbeit brauchten.

Sie wollten mit der Arbeit fertig sein, bevor Varese zurückkehrte; es war ein natürlicher Stolz, der sie erfaßt hatte. Man wollte während der Abwesenheit des Kommandanten beweisen, daß man auch ohne ihn zurechtkam. Wenn Gerda recht hatte, konnte das Funkgerät des Walfängers in Verbindung mit den aus der SWALLOW geretteten Teilen ein funktionsfähiges Subraum-Gerät ergeben.

Jeder Atemzug, den sie bei der Arbeit taten, war erleichternd und kam aus vollstem Herzen. Keiner von ihnen wollte den Rest seines Lebens auf diesem Planeten verbringen – und mochten die Pogosan auch noch so liebenswürdig und gastfreundlich sein.

Am zweiten Tag, nachdem die beiden Städte miteinander verbunden worden waren, wurde ihnen die Tatsache, daß Commander Varese noch immer nicht aufgetaucht war, allmählich unheimlich.

Das Funkgerät war jedoch inzwischen fertig. Gerda zog die letzte Schraube fest, schaltete es ein und rief Inglis. Lächelnd nahm er vor dem Bildschirm Platz.

»Setz den Ruf ab, Linda«, ordnete Gerda an.

Linda setzte den Ruf ab. Der Sender arbeitete. Ihr Spruch durchquerte die Leere zwischen den Sternen. Man wartete darauf, daß ihn jemand empfing. Die Spannung des Wartens war schmerzhaft. Gerda konnte nicht mit hundertprozentiger Genauigkeit sagen, wie weit die Reichweite des Geräts war; vielleicht würde es eine ganze Weile dauern, bis jemand sie hörte und antworten konnte. Die Energiequelle des Walfängers war jedoch stark genug; was sie wenig hatten, war Zeit.

Die Mannschaft wechselte sich bei der monotonen und nervtötenden Tätigkeit des Hilferufens ab. Den ganzen Morgen und den strahlend hellen Tag über gaben sie einen Spruch nach dem anderen ab, sandten Signale durch den Raum und gönnten sich nicht eine Minute Unterbrechung. Sie gingen über sämtliche Frequenzen und nahmen praktisch jedes Ziel aufs Korn, an dem sich auch nur theoretisch ein Schiff aufhalten konnte. Der Subraum-Sender, der viel weitreichender und schneller war als ein gewöhnliches Funkgerät, arbeitete ununterbrochen. Inglis ließ es sich nicht nehmen, auch die Nacht über wach zu bleiben. Er wollte ständig erreichbar sein und übernahm so den größten Teil der Arbeit selbst. Aber kein Antwortsignal erhellte den Bildschirm.

Als Anton die Wache übernahm, zwang Inglis sich dazu, über das andere Problem nachzudenken. Er suchte den Admiral der fremden Stadt auf. Der Pogosan grinste ihn mit seinen vorstehenden Vorderzähnen freundlich an.

»An sich müßten unsere Gäste schon längst wieder zurück sein«, gab er Inglis zu verstehen, »aber sie sind mit einer ganzen Anzahl von Schiffen unterwegs und wollen ein ziemlich weitläufiges Gebiet absuchen. Deswegen wundert es mich nicht, daß sie noch nicht zurück sind. Aber sie werden kommen, schwanzloser Großer, sie werden kommen. Behalten Sie die Ruhe, vergessen Sie nicht, daß die ganze Welt auf die Rückkehr der Bösen wartet.«

»Sie haben recht, Admiral«, erwiderte Inglis. Die Botschaft brauchte nur wenig Zeit, um sich zu verbreiten.

Gerda wankte über eine Gangplanke auf ihn zu. Sie sah müde aus. Die Brise zerrte an ihrem Kopftuch, als sie an Deck kam. Sie wollte es festhalten, aber ihre unsichere Hand war zu langsam. Das Kopftuch plusterte sich auf; der Wind packte zu und riß es herunter. Das Tuch flog durch die Luft und blieb an einem Backstag hängen. Sie lief sofort dahinter her.

Inglis pfiff in schierer Bewunderung.

Als Gerda zu ihm kam und dabei ihr Haar ordnete, sagte Inglis: »Ich habe selten eine herzlosere Frau als dich gesehen, Gerda.«

Gerda errötete und wurde verlegen. »Tatsächlich? Wieso?«

Sie wußte natürlich, wie er es meinte.

»Warum hast du dir das Haar gefärbt?« fragte Inglis.

»Ich habe noch nie eine majestätischere Blondine gesehen. Dein Haar war wunderbar hell und voller Leben. Und jetzt hast du es mausgrau gefärbt. Gerda! In der Galaxis gibt's einfach zu wenig Schönheit, als daß du dir auch noch das Haar färben solltest.«

Ganz plötzlich wurde ihm klar, was er sagte, auf welche Weise er mit diesem Mädchen umging. Und jetzt war er an der Reihe, sich zu wundern.

Gerda sagte einfach: »Als Funkoffizier der Raummarine habe ich eine bestimmte Aufgabe zu erfüllen. Ich fand mein Haar... nun, ablenkend. Also habe ich es gefärbt. Damit ich mich leichter auf die Arbeit konzentrieren kann.«

»Das verstehe ich ja«, sagte Inglis. »Aber wenn die Farbe wieder herausgewachsen ist...« Er lachte. »Aber bis dahin, glaube ich, werden wir wieder im Weltraum sein, unterwegs zu anderen Planeten – um die frohe Botschaft zu verbreiten. Ich nehme an, daß du das Mausgrau dann wieder blond färben wirst?«

»Vielleicht«, erwiderte sie. »Es kommt darauf an... auf das, was passiert.«

Mit plötzlicher Panik dachte Inglis, daß diese Bemerkung mehr bedeutete, als entweder für seinen Seelenfrieden oder für seinen Ehegattenstatus gut war.

Tonis Kopf tauchte an der Seite auf. Er war naß, wie immer. Inglis hatte schon darüber nachgedacht, ob es nicht besser sei, sie Iris zu taufen. Eine braungebrannte Hand wischte sich das Wasser aus dem Gesicht.

»Linda empfängt Signale...« fing sie an und hielt inne. Weitere Worte waren unnötig. Inglis und Gerda rannten schon auf den Walfänger und dessen Funkgerät zu, und zwar so schnell, wie die Beine sie trugen.

Um den Walfänger herum hatte sich eine große Menge Pogosan versammelt. Sie schienen zu ahnen, daß sich bald große Dinge ereignen würden, und da sie nun mal von Hause aus neugierig waren, wollten sie wissen, was hier vor sich ging.

Inglis stand hinter Gerda, als das Mädchen den einlangenden Ruf beantwortete.

»Mit welchem Schiff sprechen wir? Wer spricht dort? Antworten Sie, bitte!«

»Nun ja«, sagte Gerda, »zumindest sprechen sie unsere Sprache.« Die Gewichtigkeit des Augenblicks ließ sie zittern. Inglis hingegen schwitzte.

»Wir müssen das Risiko eingehen«, sagte er so ernst wie möglich.

Gerda sagte mit fester Stimme: »Hier ist der Leichte CDB-Kreuzer SWALLOW. Wer sind Sie?«

»Gutes Mädchen«, flüsterte Inglis leise. M'Banga, der neben ihm stand, nickte zustimmend. Es gab keinen Grund, ihre Position auszuplaudern – noch nicht. Obwohl die Möglichkeit verschwindend gering war, konnte man die Möglichkeit nicht ausschließen, daß das Schiff, das sie aus den Tiefen des Alls in englischer Sprache anrief, keins der ihren war.

Die SWALLOW war abgeschossen worden, und zwar von irgendwelchen Andersrassigen, die ihnen feindlich gesinnt waren. Wer auch für den Abschuß ihres Schiffes verantwortlich gewesen war, dachte Inglis voller Wut, es bestand kein Anlaß, diese Leute noch einmal heranzulocken. Es sei denn – und jetzt waren seine Gedanken voll von heißem Rachedurst –, sie wären in der Lage gewesen, es ihnen ordentlich heimzuzahlen. Vielleicht konnten auch die Bösen mit ihnen abrechnen; sie würden wissen, wie man mit diesen Tollwütigen umsprang. Immerhin hatten sie ja ein Schiff ihrer Freunde abgeschossen. Die Bösen würden in dieser Handlung einen Akt der Herausforderung sehen.

»Wer sind Sie?« fragte Gerda erneut.

»Hier ist das Terranische Schlachtschiff SAGITTARIUS«, kam die Antwort. »Zehnte Einsatzflotte, unter dem Kommando von Admiral Baylis. Haben Sie gesagt, Sie seien die SWALLOW?«

Ein jeder atmete bebend auf.

»Terraner!« rief Inglis aus. »Ausgezeichnet!«

Der Bildschirm flackerte vor ihnen in bunten Farben auf, dann schauten sie in den Kontrollraum eines terranischen Schlachtschiffes.

Inglis kannte Admiral Baylis zwar nicht persönlich, aber er hatte keinerlei Schwierigkeiten, ihn auf dem Schirm zu erkennen. Baylis war ein Mann, der in gewisser Weise einer Bulldogge glich. Er hatte einen guten Ruf und war außerdem voller Verständnis für die Belange des CDB. Er war untersetzt und lebhaft und hatte einen scharfen Blick. Seine Bewegungen waren energiegeladen und schnell.

»Ich übernehme«, sagte Baylis. Jemand, der nicht im Bild zu sehen war, sagte etwas zu ihm. Baylis musterte die versammelte Mannschaft der SWALLOW und sagte dann: »Ist Commander Varese zufällig bei Ihnen?«

Seine Wortwahl sagte Inglis, daß der Admiral eine Negativmeldung von ihnen erwartete.

»Hier spricht Colonel Inglis von der Raummarine«, sagte er. »Commander Varese ist leider im Moment nicht greifbar.«

Auf dem Bildschirm tanzten plötzlich rote und schwarze Streifen, die das Gesicht des Admirals verzerrten. Als der Schirm wieder klar wurde, hatte Inglis den vagen Eindruck, über den Kontrollraum des Schlachtschiffes hinausgesehen zu haben – durch einen anderen großen Raum, der eine Bedeutung für ihn hatte, obwohl er ihn im Moment nicht erfassen konnte.

»Können Sie mir eine Meldung geben?« fragte Baylis.

Inglis schluckte. Er wußte, daß an Bord der SAGITTARIUS zahlreiche Recorder jetzt sein Bild und seine Stimme aufzeichneten. Der Gedanke erfreute ihn. Er hatte ein Publikum vor sich, das tatsächlich viel wichtiger war als das der schwimmenden Städte der Pogosan. Er hatte das Gefühl, daß die Bedürfnisse der Situation ihm Stärke vermittelten.

Gerda sah ihn an und lächelte schnell. M'Banga nickte ihm erneut zu; sein Gesicht drückte schweigende Übereinstimmung aus.

Es war jetzt am wichtigsten, einen kompletten Bericht über die Bösen und ihre großartige Botschaft über den Äther gehen zu lassen. Die wartenden Aufzeichnungsgeräte auf der SAGITTARIUS mußten jedes seiner Worte empfangen. War dies geschehen, war die Botschaft über die Sender weiterverbreitet, konnte man ein Arrangement treffen, das zu ihrer Rettung führte.

Inglis begann. Anfangs war seine Stimme heiser, doch mit jedem weiteren Wort gewann sie an Kraft. Die Worte bildeten sich ohne eigenes Hinzutun in ihm, und sie machten ihm immer mehr Mut. Bevor allzuviel Zeit vergangen war, hatte er sich wieder in den Wundern der Offenbarungen verloren, und er redete flüssig über die vier Höhlen und die herrlichen Versprechungen der nebeläugigen Uralten. Er geriet in eine erregte Stimmung. Große Abenteuer warteten auf sie. Die Pogosan, wie üblich zum Tanz und Gesang bereit, versetzten sich draußen leise in Bewegung. Sie spürten, was er tat, und die göttliche Aura der Verzückung erfaßte einen nach dem anderen, bis die ganze schwimmende Stadt wieder von einem Rausch erfüllt wurde.

Inglis verspürte Stolz. Er verspürte eine immense Befriedigung, daß jetzt er das Instrument war, dem es oblag, die frohe Botschaft zu verbreiten. Von diesem Planeten würde sie zum nächsten eilen. Er hatte den Gedanken, daß er von hier aus den ganzen Weltraum missionierte.

Und er erzählte den Raumfahrern die ganze grandiose Geschichte. Er berichtete ihnen von den vier Höhlen, den nebeläugigen Uralten und dem ernsthaften Versprechen der Bösen, daß sie einst zurückkehren würden. Er schwitzte vor Aufregung, als er sein Glaubensbekenntnis ablegte, und die Reaktion Baylis' und der Offiziere der SAGITTARIUS entging ihm deswegen völlig.

Die Menge, die sich draußen versammelt hatte, rührte sich hörbar, und Toni, die immer noch ziemlich aufgedreht war, begab sich hinaus.

»Colonel Inglis!«

Die schneidende Stimme von Admiral Baylis mischte sich in den Lärm. »Haben Sie den Verstand verloren? Sind Sie völlig wahnsinnig geworden?«

Dann hielt Baylis inne. Er legte den Kopf zur Seite.

Inglis verstand die Welt nicht mehr. Was war mit Baylis und den anderen los? Verstanden sie denn nicht, was er ihnen da erzählte? Sahen sie denn nicht die gewaltige Glorie, die in dem Versprechen des Bösen lag, eines Tages wiederzukehren?

Baylis fuhr fort: »Wir haben die ganze Zeit über mit dem CDB-Hauptquartier in Funkverbindung gestanden. Admiral Rattigan hat mitgehört. Ich glaube, es hat keinen Sinn, diesen . . . diesen Wahnsinn noch weiterzutreiben. Wir haben Ihre Position ausgemacht und werden so schnell wie möglich bei Ihnen sein.«

»Das ist gut«, sagte Inglis. »Aber wieso verspürt keiner von Ihnen das magische Bedürfnis zu tanzen? Verstehen Sie denn nicht, was ich Ihnen erzählt habe?«

»Wir verstehen, Colonel. Wir verstehen nur allzugut.«

»Wunderbar!« rief Inglis aus. »Die Bösen haben versprochen, eines Tages zurückzukehren! Wenn sie das tun – wer weiß, welche Glorie dann noch folgen wird?«

»Ja, das würden wir auch gern wissen«, sagte Admiral Baylis.

Inglis verstand jetzt, wieso er den Eindruck gehabt hatte, hinter dem Kontrollraum der SAGITTARIUS noch einen anderen großen Raum zu sehen. Gus hatte mitgehört, war über ein Subraum-Funkgerät mit ihnen verbunden gewesen! Wie wunderbar! Das konnte nur bedeuten, daß seine Worte bis zur Erde gedrungen waren. Er hatte die frohe Botschaft direkt bis zur Erde gebracht!

»He, Gus«, sagte er. »Wir stehen der größten Sache aller Zeiten gegenüber! Sie müssen dafür sorgen, daß es jeder erfährt. Die Bösen möchten, daß man in der Heimat auf sie vorbereitet ist, wenn sie zurückkehren.«

Baylis sagte scharf: »Wissen sie, wo die Erde ist?«

»Nein.« Inglis verspürte so etwas wie Bedauern. »Es tut mir wirklich leid, Herr Admiral, aber wir hatten keine Gelegenheit, es ihnen mitzuteilen.«

»Sie . . . hatten . . .. keine . . . Gelegenheit! Und Sie *bedauern* es?«

»Ja, Herr Admiral. Aber sobald sie hier sind, können wir es korrigieren.«

»Es korrigieren!« Aus irgendeinem Grund schien Baylis nichts mehr sagen zu können. Sein Gesicht war gerötet, und seine Augen starrten Inglis vom Bildschirm des Walfängers herab an. Er musterte die Szenerie im Inneren des Beibootes und das, was sich am Schleusentor abspielte, wo die Pogosan in heller Verehrung der Bösen ein Tänzchen aufführten, das ihre Liebe ausdrükken sollte.

»Wir sehen uns später, Colonel«, brachte Baylis gerade noch hervor.

Der Bildschirm flackerte. Rote und schwarze Linien tanzten auf der Scheibe, dann ertönte Gus Rattigans Stimme. Sie klang gedämpft und schien aus weiter Ferne zu kommen.

»Mein Gott! Er ist völlig . . . Vielleicht war es doch gar nicht so falsch von Laura, sich von ihm scheiden zu lassen.«

»Wie bitte?« fragte Inglis.

»Ihre Frau hat sich scheiden lassen«, sagte Rattigan. »Sie wollte nicht darauf warten, bis man Sie offiziell für tot erklärt. Vielleicht wäre es besser gewesen, Sie wären dort draußen umgekommen.«

Der Bildschirm wurde dunkel. Inglis konnte die letzte Bemerkung Rattigans nicht ganz verstehen. Die Gefühle, die er Laura gegenüber empfand, waren irgendwie abgestumpft. Er verspürte nur noch einen nahezu unerträglichen Triumph. Es war ihm mit Erfolg gelungen, die Nachricht der Bösen zu verbreiten.

Es war ein großartiger Augenblick.

Toni eilte wieder zu ihnen hinein. Sie war von tanzenden Pogosan umgeben und ausnahmsweise mal nicht naß. Dafür war ihr Leib von schwarzen Ascheflecken übersät, und sie hatte rote Augen und hustete.

»Feuer!«

Sie flog auf die anderen zu, packte sie. M'Banga ergriff ihre Schulter, und sie krümmte sich.

»Was ist los, Mädel?« fragte er.

»Während wir mit dem Admiral gesprochen haben und die Pogosan tanzten, ist Commander Varese zurückgekehrt«, keuchte sie. »Er hat sich äußerst eigenartig verhalten. Man hat versucht, ihm die frohe Botschaft zu überbringen.« Toni hustete, ihre Augen tränten. »Und jetzt brennt die Stadt!«

In der entsetzten Stille, dic ihren Worten folgte, vernahm ein jeder das knisternde Geräusch. Auch die Pogosan hörten es. Die Luft füllte sich mit schrillen Schreien und Ausrufen. Muschelhörner nahmen den Alarm auf. Allmählich drang der Rauch zu ihnen hinein.

Inglis sagte: »Feuer? Aber wie . . .?«

Toni schrie: »Commander Varese hat die Stadt angezündet!«

13. Kapitel

Der Tanz verlor schrittweise an Schwungkraft. Auch wenn die Bedeutung dieser Katastrophe in jedem Pogosan eine uralte Angst auslöste, konnte sie die von Freude erfüllten Massen der Eingeborenen nicht mit einem Schlag erreichen.

Wie ein langsamer Strudel breitete sich die Angst von der Peripherie der beiden Städte nach innen aus, bis sie schließlich auf das Zentrum traf und wirksam wurde. Und als auch der letzte Pogosan und der letzte Terraner begriffen hatten, was hier geschah, waren die Reaktionen noch panikerfüllter und chaotischer als erwartet. Denn das, was hier geschah, war gleichbedeutend mit der Zerstörung zweier großer Städte.

Es gab keinen Anlaß, gesondert darauf hinzuweisen, was in den schwimmenden Städten ein Feuer bedeutete. Die Terraner wußten, welche verheerenden Auswirkungen eine Feuersbrunst an Bord eines Raumschiffes hatte. Hier war die Gefahr noch größer, denn es gab so gut wie keine Mittel, einen Großbrand zu bekämpfen. Die Pogosan hatten nur die See; sie war ihre einzige Waffe.

Inglis und seine Leute fanden sich recht bald als Angehörige einer Kette eimerschwingender Lebewesen wieder. Sie nahmen an, reichten weiter und gaben zurück, um neue Füllungen entgegenzunehmen. Es ging endlos und immer weiter – trotz aller Flammen, trotz des Rauches, trotz der abnehmenden Atemluft und der Hitze, die ihre Kleider versengte und sie beinahe grillte.

Das rote Gesicht des Feuerdämons leuchtete, und das Ende bestand aus Schwärze und Tod. Man arbeitete in einem ständigen Funkenregen und zog sich zurück, sobald sich die Flammen über die geteerten Taue und gebeizten Masten und Segel vorwärtsfraßen. Große Sektionen der Stadt rissen sich los und wurden langsam vom Wind abgetrieben. Inglis dachte keine Sekunde lang daran, den Walfänger zu bemannen und sich dem Holocaust durch eine rasche Flucht zu entziehen. Ein solches Verhalten hätte jeder Schicklichkeit widersprochen.

Ausgebreitet auf dem Meer trieben die brennenden Trümmerfelder dahin. Auf dem Wasser widerspiegelte sich das Rot des Feuers.

Von Varese und seinen Leuten fand man keine Spur. Inglis erfuhr von einem der Admirale, daß das, was Varese getan hatte, zu den Kapitalverbrechen dieser Welt gezählt wurde: Trotz ihrer geringen Körpergröße und ihrer Sanftheit hatten die Pogosan Varese und seine Pyromanen zusammengetrieben und auf einem Schiff ausgesetzt, auf dem es ironischerweise nicht brannte.

Inglis hatte jedoch jetzt keine Zeit, sich um Varese zu kümmern. Das Feuer bedrohte alles, was er auf dieser Welt für erhaltenswert hielt. Seine Hauptpflicht bestand darin, es so schnell wie möglich zum Erlöschen zu bringen.

Doch am Ende konnte man sich der Bedrohung nur entledigen, indem man den Flammen jene Sektionen überließ, die sie bereits erobert hatten. Man kappte die Taue sämtlicher brennenden Schiffe und Hausboote und auch die der Flöße und bis zum Rand vollgestopften Lagerhäuser.

Schiffe wurden in einer langen Linie versenkt, damit sie eine Barriere bildeten, und dann segelte man mit rußgeschwärzten Segeln vor dem Wind, um dem Hunger der Flammen zu entkommen. Bis zur Erschöpfung löschte man die Flammen und schlug die Funken aus, die der Wind hinter ihnen hertrug, und man schuftete auch dann noch, als man über den Zustand der Erschöpfung weit hinaus war.

Die Schuldgefühle, die die Terraner empfanden, ließen sie einfach nicht zur Ruhe kommen. Es waren Menschen von der Erde gewesen, die das Grauen auf die Pogosan losgelassen hatten; da war es keine Frage, daß Inglis und seine Leute verpflichtet waren, alles zu tun, um den Flammen Einhalt zu gebieten.

Als Inglis an die Pogosan und ihr breites Lächeln dachte, das die reine Freundschaft ausdrückte, wünschte er sich, daß Varese ihm jetzt nicht über den Weg lief. Er verspürte ein unbändiges Verlangen, den Mann zu packen und in die Flammen zu werfen, die er verursacht hatte – und denen er entkommen war.

Aus irgendeinem Grund dachte sein erschöpfter Geist an Abd el-Malik ibn-Zobeir. Er fragte sich, ob Varese den Gestrandeten gefunden hatte.

Den Gestrandeten?

Abdul war hier *gelandet.* Was war nur mit seinem Gedächtnis los? Er hatte das Gefühl, doppelt zu sehen. Oder besser gesagt, doppelt zu *denken.*

Er lief los, um Gerda und M'Banga zu suchen, und nahm sie zur Unterstützung mit, um mit Varese zu sprechen. In seinem Kopf war eine seltsame Leichtigkeit, und er fühlte sich irgendwie unsicher.

Varese und seine Leute befanden sich an Bord eines pogosanischen Schiffes, wo sie in finsterer Stimmung im Karzer saßen. Man brachte ihnen Licht, und Inglis stieg mit steinerner Miene eine Leiter hinab.

»Da haben Sie ja was Schönes angerichtet«, sagte Varese.

Inglis war mehr als überrascht, denn er hatte genau die gleichen Worte verwenden wollen.

»Was meinen Sie damit?« fragte er, während die blanke Wut in ihm hochwallte. »Sie haben die Städte der Pogosan mit voller Absicht angezündet! Sind Sie wahnsinnig? Verstehen Sie denn nicht, was Sie getan haben?«

»Ich habe nichts anderes getan, als das Werk der Bösen auszurotten«, sagte Varese. »Ich bin ein Bewohner der Erde, und wenn ich mich umsehe, sehe ich nichts anderes als die finsteren Kräfte des Bösen! Sie müssen vernichtet werden, um jeden Preis!« Varese sprach zwar sehr ruhig, aber äußerst bestimmt. Er schien zu glauben, daß seine Worte für Inglis eine besondere Bedeutung haben mußten.

Doch Inglis war immer noch wütend.

»Das Zehnte Einsatzkommando ist hierher unterwegs«, sagte er. »Und ich bin sicher, daß Admiral Baylis vorschriftsgemäß mit Ihnen verfahren wird! In der Zwischenzeit würde ich mir an Ihrer Stelle schon mal eine passende Entschuldigung ausdenken. Aber wie man es entschuldigen kann, vorsätzlich zwei blühende Städte in Flammen aufgehen zu lassen, überlasse ich gern Ihrem verdrehten Geist.«

Leutnant Chung sagte: »Es hat keinen Zweck, sich mit denen zu streiten, Commander. Sie haben den Verstand verloren.«

Varese erwiderte: »Ich glaube, Sie haben recht, Leutnant. Aber zumindest haben sie ihren letzten Rest an Grips dazu verwandt, das Subraum-Funkgerät zu reparieren und Verstärkung anzufordern. Sobald der Admiral eintrifft . . .«

»Ich raten Ihnen, bis dann eine Entschuldigung parat zu haben«, sagte Inglis. Dann wandte er sich von den Pyromanen ab und kletterte wieder an Deck.

Insgesamt gesehen war das Gespräch äußerst unbefriedigend verlaufen, fand er. Doch vielleicht würde Varese seinen Irrtum einsehen, wenn er in aller Klarheit sah, was er angerichtet hatte. Wenn man ihm die rußgeschwärzten Schiffe, die inmitten der Stadt klaffenden Lücken und die Trauerprozessionen zeigte.

Inglis wandte sich halb um, um wieder in den Karzer hinabzusteigen, als eine Stimme ihn zurückhielt. Toni und M'Banga deuteten zur Leeseite hinüber, und Gerda, die ihn gerufen hatte, machte ihm ein Zeichen, sobald ihr seine Aufmerksamkeit galt.

Inglis ging auf sie zu. Da lavierte ein Schiff gegen den Wind. Es war mit wunderschön gemusterten Segeln versehen. Im Licht der Abendsonne, deren Strahlen sich überall an Bord spiegelten, sah es so aus, als nähere sich über dem dunklen Wasser eine gewaltige, verzauberte, ätherische Laterne.

»Fühlst du es nicht?« flüsterte Toni.

Gerda legte ganz unbewußt eine Hand auf Inglis' Arm. Er verpürte ein komisches, erregendes, durch und durch gehendes Gefühl, das von dem sich nähernden Schiff ausging.

Es war wie eine Vibration, die seinen Oberkörper aufzublähen schien und ihn erleuchtete. Seine Besorgtheit flaute ab. Er kam sich plötzlich viel größer vor, körperlich wie geistig. Er fühlte sich – erhöht.

»Was ist das?« fragte Gerda leise.

Überall versammelten sich nun die Pogosan. Sie waren still, nur ihre Füße scharrten an Deck. Die Magie des lautlosen Schiffes, das Licht und Farbe ausstrahlte wie ein facettenreicher chinesischer Lampion, brachte jeden zum verstummen. Der Wind nahm ab, das Schiff glitt beinahe lautlos dahin, und sein gespenstisches, wunderschönes und übermäßig vertrauenweckendes Äußeres versah sie alle mit einer beruhigenden, gelassenen Vision von innerer Ruhe und Trost.

Inglis verspürte den Wunsch, all seine Sorgen auf dieses Schiff abzuladen; sie auf das Wesen zu übertragen, das diese intensiven Wellen von Mitleid und Verständnis ausstrahlte.

Das Schiff kam näher. Überall flammten Fackeln auf, um ihm zu leuchten. Langsam und mit absoluter Vollkommenheit erklang ein Orgelton, der anstieg und fiel, und maßvolle Kadenzen zu einem Lied verband, das die Emotionen rührte. Die Musik schwoll an. Die Pogosan äußerten keinen Laut.

Inmitten eines wundersam ausgeglichenen, stark bewegenden Tons hielt die Musik plötzlich inne und verstummte wirkungsvoll. Sie zog die Aufmerksamkeit aller auf sich. Dann sprach eine Stimme zu ihnen.

»Ich bin des Menschen Sohn. Ich bringe euch die frohe Botschaft, denn der Mensch sucht Freunde in der Galaxis. Bald wird er auch zu dieser Welt kommen und euch Geschenke bringen, die eure kühnsten Phantasien übersteigen. Mich hat er als seinen Herold geschickt, so unwürdig ich auch bin. – Bereitet euch vor! Denn der Mensch in seiner Güte verfährt gut mit seinen Freunden.«

Inglis hatte das Gefühl, als sei sein Kopf von einem rotglühenden Band umgeben, das sich an den Schläfen langsam zusammenzog.

»Ich komme von der Erde«, fuhr die Stimme fort. »Und ein jeder von euch soll wissen, daß der Mensch zu dieser Welt hinabsteigen wird. Es wird sein Herz mit Freude erfüllen, wenn er hier von guten Freunden empfangen wird. Von guten Freunden, mit denen er seine Geheimnisse teilen und in Einmütigkeit zu den Sternen fliegen kann.«

Und die Stimme redete weiter. Die Wellen der mentalen Energie strahlten, beruhigten, lullten ein, versprachen Hilfe und Beistand. Die Stimme verstand sämtliche pogosanischen Probleme und versprach Abhilfe für Sorgen und Pein.

Und Inglis erkannte die Worte.

Er hatte sie neun Jahre lang studiert, sie auf Band gebracht und den elektronischen Hirnen der Androiden vermittelt, die man anschließend auf zahllosen unbekannten Welten ausgesetzt hatte.

Das gesamte Universum drehte sich um einhundertachtzig Grad.

Er verstand, was er getan hatte.

Er verstand . . .

An das, was nachher kam, erinnerte er sich nicht mehr so gut.

Varese sprach mit ihm. Gerda hielt sich in der Nähe auf. M'Banga, Renee und die anderen saßen irgendwo an Deck und verbargen das Gesicht in den Händen, ohne die sich leise miteinander unterhaltenden Pogosan zu beachten. Die himmlische Glorie war immer noch in der Luft zu spüren. Die Pogosan unterhielten sich über das, was die Stimme des irdischen Propheten, die Stimme des Menschensohnes gesagt hatte.

Es kam zu keinem wilden Tanz. Aber viele der Eingeborenen sangen voller Glück. Während der ganzen Nacht bemühte man sich Klarheit darüber zu gewinnen, was mit einem Teil der SWALLOW-Mannschaft geschehen war.

Irgendwann in dieser Nacht fand sich Inglis mit Gerda unter dem Himmelszelt wieder, wo sie einander Trost spendeten. Die Flut der Leidenschaft, die sie übermannte, spülte jeden Gedanken an Laura und die Scheidung fort. In Gerda hatte er endlich die Frau gefunden, die an seiner Seite stehen würde, wenn er wieder zu den Sternen flog.

Und mit der heraufdämmernden Sonne kam auch wieder eine neue Hoffnung. Gestärkt musterte Inglis seine Mannschaft. Er fühlte sich abgekämpft und erschlagen, doch er wußte, daß die anderen gerade jetzt seinen Beistand brauchen würden.

Mit diesem wachsenden Verständnis, das ihn neu durchflutete, begab er sich zur Reling, stützte sich mit den Ellbogen darauf und warf einen Blick auf das Schiff, das verhalten auf dem Wasser dümpelte. Gerda gesellte sich zu ihm. Ihr blondes Haar mit seinen graubraunen Spitzen war der Sonne frei ausgesetzt. Er wußte, daß sie nie wieder das Bedürfnis verspüren würde, es zu färben, um ihre Schönheit vor den Männern zu verbergen.

Das Schiff, das ihnen gegenüber lag und leise auf und nieder schwankte, verbarg die Kapsel und die Ausrüstung, die nichts anderes abstrahlte als guten Willen. Der Prophet der Erde wartete mit der Geduld nuklearer Energie und Elektronik darauf, erneut zu den Einheimischen zu sprechen – ihnen das Wort des Menschen zu bringen. Ohne, wie Inglis wußte, die Einheimischen darauf vorzubereiten, zu Märtyrern zu werden, weil die Erde es so wollte, und wie es auf anderen Planeten üblich war.

Und er – er hatte das Wort ihrer Feinde gepredigt!

Varese ging sanft mit ihm um. Gerda und M'Banga hatten ihm alles erklärt. Und außerdem gab es jetzt nicht mehr viel zu sagen. Es war nichts Neues, Gehirne zu beherrschen, indem man sie elektronischen Strömen aussetzte; daß die unbekannten Fremden den Verstand der Terraner beherrscht hatten, konnte nur bedeuten, daß ihre Technologie mit der der Erde auf der gleichen Ebene stand. Und das machte sie zu einem noch gefährlicheren Gegenspieler.

»Ich habe gerade mit Admiral Baylis Verbindung aufgenommen«, meldete sich Varese. »Er möchte mit Ihnen sprechen, Inglis.«

»Ich komme.« Er richtete sich auf wie ein alter Mann.

Baylis sah nun nicht mehr wie ein aufgeplusterter Truthahn aus. Er machte einen vernünftigen und gelassenen Eindruck.

»Sie verstehen, was passiert ist, Inglis?« fragte er.

»Ja.«

»Hätte ich nicht persönlich mit Ihnen gesprochen, hätten wir es nicht aufgezeichnet – ich glaube, ich hätte es nicht für bare Münze genommen. Ein terranischer Offizier, ein Angehöriger der Raummarine . . . und er sabbert mir die Ohren mit der Propaganda der Gegenseite voll. Sie haben den ganzen Planeten korrumpiert. Ich nehme an, es ist Ihnen klar?«

»Nicht den ganzen«, erwiderte Inglis. »Er ist ziemlich groß. Abgesehen von dieser Stadt haben wir nur mit vier anderen Kontakt gehabt . . .«

»Wir müssen sie so schnell wie möglich ausfindig machen. Varese, können Sie für den Propheten sorgen?«

Varese sagte: »Bisher haben wir noch keinen Kontakt mit ihm aufgenommen, Sir. Wir haben ihn leider nicht finden können. Das heißt, weder ihn noch Abdul. Sie sind auf *uns* gestoßen. Oder zumindest der Prophet.«

»Sie haben den Mann, der über Bord ging, nicht aufgespürt?«

»Nein, Sir. Wir hatten allerhand zu tun. Außerdem . . .«

»Ich verstehe.«

Ein angenehmer Glockenklang ertönte. Dann sagte eine andere Stimme: »Hallo, Roy.«

Der Bildschirm zeigte zuerst ein schwarz-rotes Schachbrettmuster, dann teilte er sich. Die eine Hälfte zeigte das vertraute Arbeitszimmer Rattigans. Der Admiral sah ihn an; Dick Myrtle saß direkt neben ihm.

»Sie haben sich ja allerhand geleistet«, sagte der Admiral.

»Ich . . . tut mir leid, Gus . . . Herr Admiral«, erwiderte Inglis. »Tut mir wirklich sehr leid. Es gibt jedoch noch einen Hoffnungsschimmer, glaube ich . . .«

»Das wollen wir aber auch hoffen!« rief der Admiral überschäumend. Er strahlte durchaus Humor aus. »Sie geben also bereitwillig und ohne sich zu sträuben zu, daß Sie sich unter dem Einfluß der geistigen Kontrolle der Fremden befunden haben? Daß Sie sich nichts sehnlicher gewünscht haben als die Rückkehr dieser Leute? Daß Sie alles – ich wiederhole: alles – für sie getan hätten?«

Der Brandgeruch, der noch immer über der schwimmenden Stadt hing, schmeckte sauer in Inglis' Kehle.

»Es hat keinen Sinn, es abzustreiten«, erwiderte er. »Man hat alles aufgezeichnet. Ja. Ich gebe es zu.«

»Ausgezeichnet.«

»Wie bitte?« fragte Inglis, der plötzlich aus seiner Apathie erwachte.

»Ich kann's Ihnen nicht über einen offenen Kanal erklären, Roy«, sagte Rattigan. »Aber ich will Ihnen wenigstens soviel sagen, daß der Prophet, den Sie da auf diesem Planeten haben, einen Job erledigt hat, der gar nicht besser hätte ausgeführt werden können. Wir haben nämlich auf ein Wunder gehofft. Ein Herr namens Cyrus hat eins von uns verlangt. Die Zukunft des CDB hing davon ab. Und Sie, mein lieber Junge, haben uns zu diesem Wunder verholfen, indem Sie sich von unserem Propheten wieder zurückbekehren ließen.« Rattigan war außer sich vor Freude. »Wir schulden Ihnen Dank.«

Inglis verstand natürlich kein Wort. Das Ausmaß der Tragödie war so groß, daß seine stumme Reaktion nur natürlich war; er war einfach zu erschlagen, um etwas zu verstehen. Er hatte ein Stadium hinter sich, in dem ihm nur noch der Freitod als halbwegs ehrenhafter Ausweg erschienen wäre; aber er hatte es überwunden. Gerda hatte ihn gerettet.

Angesichts dieses Wissens und der gegenwärtigen mentalen Agonie, die ihn quälte, wäre jede Art der Gefühlsregung ihm lediglich kindisch erschienen. Er wußte genau, was er getan hatte – und warum. Aber er verspürte auch plötzlich den Anflug eines Verständnisses. Er ahnte, wovon Rattigan redete: Verglich man die Fähigkeiten der irdischen und fremden Propheten, so war der ihre dem der anderen offensichtlich überlegen.

Sie hatten – verdammt noch mal – einen Sieg errungen!

»Und trotzdem wäre ich lieber nicht dabei gewesen«, sagte Inglis zu Rattigan.

Gerdas Hand legte sich auf seinen Arm. Er spürte, wie ihre Finger ihn berührten. Ihr Griff drückte tiefe Dankbarkeit aus.

Eine Störung, die hinter ihm stattfand, brachte ihn nicht dazu, sich umzudrehen. Toni, naß wie immer, versuchte seine Aufmerksamkeit auf sich zu ziehen. In höchster Erregung sagte sie: »Der Prophet war . . .«

Rattigan unterbrach sie, indem er mit lauter Stimme sagte: »Ja, der Prophet muß sofort wieder an die Arbeit gehen.«

Toni hatte sich jetzt an M'Banga vorbeigedrückt. Rattigan sprach immer noch. »Er muß sofort auf die Städte losgelassen werden, die von den Fremden beeinflußt wurden. Der Schaden, den er auf diesem Planeten – wie nennen Sie ihn? Pogosan? – angerichtet hat, muß sofort behoben werden, auch wenn wir uns noch dem fundamentalen Problem gegenübersehen . . .«

Inglis, der Toni mit einer Handbewegung zum Schweigen verdonnerte, unterbrach ihn. Rattigan zeigte Verwunderung. Doch Inglis, der das Gefühl hatte, nur durch reinen Zufall – und zwar einem Zufall namens Cyrus – einer Bestrafung entgangen zu sein, verspürte das Bedürfnis, seinen Fehler selbst wiedergutzumachen. »Das fundamentale Problem«, sagte er, »ist gelöst.«

Rattigan starrte ihn verständnislos an. Im Beiboot machte sich spürbare Stille breit. Bloß Toni versuchte etwas zu sagen, wurde aber von den Stimmen und dem Gelächter vor der Schleuse übertönt. Inglis kostete den Augenblick aus. Es war alles, was von seiner Selbsteinschätzung übriggeblieben war – dies und Gerda –, und er wollte es aussprechen.

»Mein Auftrag bestand darin, das Heimatsystem der Fremden ausfindig zu machen.«

»Und?« fragte Rattigan.

»Ich erinnere mich noch immer an die nebeläugigen Uralten. Ich erinnere mich noch immer an die Worte von Feuer und Glorie – und das Bild der vier Höhlen ist noch immer ganz deutlich in meinem Kopf. Das kann nur bedeutet haben, daß ich mir dessen, was ich getan habe, stets sehr bewußt war.« Er suchte nach den richtigen Worten. »Die vier Höhlen bilden ein Muster; ein Muster, das von Feuer umgeben ist. Das Feuer ... es sind Sterne. Man kann sie auf jeder Sternenkarte finden. Die vier Höhlen sind die vier Heimatsonnen der Fremden. Sie müssen dieses bildhafte System verwendet haben, um es auch ihren Nachfahren zu vermitteln, damit sie keinen Irrtum begehen.«

»Das klingt verständlich«, sage Varese unerwartet und nahe an Inglis' Ohr.

»Ich kann das Bild in meinem Geist sehen«, fuhr Inglis fort. »Und zwar so wie jeder andere, der mit dem Wissen um die vier Höhlen bestrahlt wurde. Und diese implantierte Information ... damit kann ich das Heimatsystem der Fremden aufspüren.«

»Teufel, Teufel«, sagte Rattigan. Er holte langsam Luft. »Damit haben wir sie. Wir können weitermachen. Jetzt sind wir auch mal am Drücker.«

»Ja.«

»Hört mir endlich mal jemand zu?« schrie jetzt Toni.

»Was ist denn?« Inglis wandte sich um. Ein kleiner, dunkelhäutiger Mann, den er noch nie zuvor gesehen hatte, stand neben ihm.

»Wer ist das denn?« fragte Rattigan.

»Mein Name ist Abd el-Malik ibn-Zobeir«, sagte der Mann. »Ich bin der Kapselabwurf-Chef des CDB-Schiffes ISABELLA, Sir.«

»Sie sind also doch lebend runtergekommen? Ausgezeichnet. Sie können mit der Mannschaft der SWALLOW oder der SAGITTARIUS wieder zu Ihrer Einheit zurückkehren.«

Abdul sagte müde: »Aber schicken Sie dann bitte einen neuen Propheten hier herunter, ja? Derjenige, mit dem ich hier angekommen bin, hat die Landung leider nicht überstanden.«

»Wie?«

»Aber die Stimme!« rief Inglis aus. »Diese Wellen mentaler Kraft! Wir waren dem Einfluß der Fremden unterworfen, und der Prophet der Erde hat uns doch konvertieren lassen...«

»Nichts da«, sagte Abd el-Malik. »Das war ich.«

»Sie?«

»Ja. Der Android war nur noch Matsche. Es war ja meine Schuld, schließlich hing ich ja an ihm fest, als er rausgefallen ist. – Aber das Aussaatprojekt mußte ja weitergehen. Und da die Mentalbestrahlungsanlage noch intakt war... habe ich den Job eben selbst erledigt.«

»Ich will verdammt sein«, sagte Admiral Rattigan.

Inglis sagte: »Ich weiß zwar nicht, wie Sie es sehen, aber ich persönlich habe das Gefühl, ich schulde Abdul großen Dank. Sehr großen Dank! Es muß ja für einen allein ein ziemlich harter Job gewesen sein.«

Der Abwurfchef der ISABELLA lächelte müde. »Kann schon sein. Der Prophet war ja nur eine Maschine. Und da sie nicht mehr funktionierte... Sollte ich etwa die Erde hängenlassen?«

Die Pogosan schmetterten auf ihren Segelschiffen derweil ein fröhliches Liedchen mit, das Abd el-Maliks Recorder ihnen vorspielte. Es war ein Schlager, den auf der Erde jedermann sofort erkannt hätte.

»Wenn irgendwann Erdenmenschen auf diesem Planeten landen«, sagte Abd el-Malik, »und wenn es dreitausend Jahre in der Zukunft ist, dann werden die Einheimischen sie begrüßen, weil sie wissen, daß es Freunde sind, die irgendwann mit ihren Vorfahren Kontakt hatten. Und das will das CDB doch – oder etwa nicht?«

»Die Fremden«, sagte jemand, »hatten allerdings die gleiche Idee...«

»Stimmt.« Abdul warf einen Blick auf seine Armbanduhr. »Wenn man es sich nicht leisten kann, eine vollausgerüstete Forschungsgruppe oder auch nur einen Scout auf jedem Planeten abzusetzen – es gibt schließlich ziemlich viele Planeten in der Galaxis –, muß man sich halt etwas anderes einfallen lassen.

Weil man nämlich die Möglichkeit nicht außer acht lassen darf, daß andere – weniger freundliche – Völker nach dem gleichen System verfahren. Also schickt man Propheten auf alle Welten, die man erreichen kann, damit er einem den Weg bereitet und die unterentwickelten Völker eine Denkweise lehrt, die es uns ermöglicht, sie verstehen zu lernen – damit man, wenn man endlich die nötige Zeit findet, ihre Welten wirklich zu erforschen, auf Völker stößt, die so denken wie man selbst. So daß sie gar keine Fremden mehr für einen sind.

Das CDB wollte sicherstellen, daß die Völker der Galaxis – oder jenes Teils der Galaxis, den wir im Augenblick erreichen können – unsere Denkweise verstehen lernen. Und meinetwegen auch unsere Lebensweise und unsere Religion. – Und wenn wir oder unsere Nachfahren dann eines Tages zu ihnen kommen, sehen wir uns Freunden gegenüber.«

Abd el-Malik salutierte ernst. »Ich gehe jetzt besser zurück und spiele noch ein paar Bänder mit Liedern ab. Diese Pogosan sind wirklich nette Leute; man kann sich buchstäblich keine besseren Verbündeten wünschen. Bis Sie einen neuen Propheten herunterschicken können, mache ich weiter. Ein Mensch sollte ja im Grunde bessere Arbeit leisten können als eine Maschine, auch wenn es nur ein paar von uns gibt.«

»Besser als eine Maschine . . .« sagte Inglis. »Auf dieser Welt jedenfalls macht man keinen Propheten zum Märtyrer. – Doch auf den anderen Welten sollten wir, glaube ich, doch lieber weiterhin Androiden einsetzen.«

»Das CDB wird damit fortfahren, Propheten abzuwerfen«, sagte Admiral Rattigan. »Aber was Sie und

Ihre Freundin angeht, Roy ... Sie machen sich besser auf den Heimweg. Ich habe Arbeit – für Sie beide.«

Und Abd el-Malik ibn-Zobeir ging hinaus und begab sich an Deck in den Sonnenschein, um seine Arbeit zu erledigen. Er fühlte sich bestens. Jetzt hatte er keine Angst mehr. Er hatte überhaupt keine mehr.

Michael K. Iwoleit

Rubikon

Roman

Ullstein Buch 31091

Science Fiction

Was ist Leben? Was ist Vernunft? Wo liegen die Grenzen der menschlichen Erkenntnisfähigkeit? Vor diese Fragen sieht sich Bert Traven gestellt, als er die Raumstation Rubikon verläßt und sich auf einen Planeten hinabbegibt, auf dem ein fünfköpfiges Forschungsteam sich in ein folgenschweres Experiment eingelassen hat.

Michael K. Iwoleit präsentiert seinen ersten SF-Roman: RUBIKON ist ein bemerkenswertes Erstlingswerk, das in Stil und Themenwahl zwei große Vorbilder des Autors nicht verleugnet: Philip K. Dick und Stanislaw Lem.